国家出版基金项目
上海出版资金项目

日本当代文化思想译丛

许金龙 主编

和爸爸在一起

井上厦 著

李锦琦／张立波 译

上海译文出版社

“日本当代文化思想译丛”序言

“我无法重新活一遍，可是/我们却能够重新活一遍”

许金龙

1945 年 8 月 15 日，日本四国岛一个被森林围拥着的小山村，成年人都聚集在村长家里收听天皇宣布战败的所谓“玉音”，一个 10 岁的小小少年与他的同学们一道，在村长家的院子里收听同样内容的“玉音”广播，尽管听不清更听不懂那些拗口的内容。广播结束后，村长面色苍白地走出屋子，对院子里的小学生们凝重地说道：我们战败了，我们全都完了！然而，一位母亲却用坚定的口吻对她那年仅 10 岁的儿子说：“那只是他完了，你们却能够重新活一遍！”这位伟大的母亲是想告诉自己的儿子：发动侵略战争的日本帝国灭亡了，曾狂热支持那场战争的国民需要彻底摒弃头脑里的军国主义思想，否则将会冥顽不化地带着这种旧思想苦度残生。然而，指向未来的孩子们却有时间、有机会汲取长辈们的惨痛教训，在此基础上走向光明的未来，宛若重新活了一遍。

1946 年 11 月 3 日，日本颁布取代《大日本帝国宪法》(亦称《明治宪法》)的新宪法，确立了国民主权、基本人权以及和平主义的基本理念，规定不成立军队并放弃战争……翌年，日本颁布《教育基本法》，基于新宪法的精神，规定了教育机会均等和义务教育等内容。因着这个后来被称为和平宪法的新宪法，因着刚刚颁布的《教育基本法》，这个被母亲告知“能够重新活一遍”的家境贫寒的少年，侥幸躲过失学的厄运，从小学升入村里刚刚创建的新制中学，在这里第一次接触到有关民主主义的知识。再后来，这个少年升入东京大学并成为著名作家，开始在自己的诗歌、随笔和小说里改写战败那天母亲教导自己的那句话——“我无法重新活一遍，可是 / 我们却能够重新活一遍”，以此告诫他的读者，告诫日本的孩子们，要牢记历史教训，要珍惜战后和平，坚持走民主主义的和平发展之路！

这位当初的少年，就是诺贝尔文学奖获得者、日本著名作家大江健三郎先生。当然，在日本保守势力越发猖獗的当下，大江先生并非是在独自呐喊，至少在我们这个五卷本的译丛里，就有诸多贤达——井上厦、奥平康弘、泽地久枝、三木睦子、小森阳一、高桥哲哉、子安宣邦、目取真俊、松井茂记、外间守善、大田昌秀、石原昌家、村上有庆、谢花直美、小牧薰、坂本升——在与他一同呐喊：要和平，不要战争！要维宪，不准改宪！要民主主义，不要国家主义！

《冲绳札记》便是这种呐喊的产物之一，也是一部基于查阅大量史料并多次进行现场调查，作者借此反复追问、反省甚或自省的长篇随笔，揭露出二战末期冲绳当地民众集体自杀的人间惨剧，揭示造成这一惨剧的根本原因在于“自上而下的纵向构造”，也就是“天皇→日本军队→日军驻守冲绳的第32军→冲绳各岛屿守备队”这种纵向构造。同时，作者在这部长篇随笔中不断追问：“日本”这个近代国家是如何形成的？近代化的结果让它在世界，特别在近邻诸国中是怎样的存在？它真的强大了吗？日本人真正吸取了战败的惨痛教训吗？大江先生进而自问：“日本人是什么，能不能把自己变成不是那样的日本人的日本人。”[①] 在说到日军惨无人道地在冲绳一个小岛上胁迫冲绳民众集体自杀时，大江先生在2009年10月的一次讲演中这样表述：

“……村长三呼‘天皇陛下万岁’，聚集的村民也随声附和。手榴弹引爆后仍然活着的人，则由家人代为绞首断头，一共死亡三百二十九人。此番强制集体自杀的行动，是由‘天皇陛下万岁’这句话引发的，这种情形令我感到异常恐惧。

“因为，这句话当时也曾支配着我这个年仅10岁的日本山村少年的国家观、社会观和人类观。……倘若身处冲绳强制集体自杀的

① 大江健三郎著，陈言译《冲绳札记》，上海译文出版社2016年版，第3页。

现场，毫无疑问，我将成为奋起响应‘天皇陛下万岁’的号召并引爆手榴弹自决的少年。此后，日本战败，在被占领两年后，我成为一名热情支持民主主义宪法的年轻人，站在与主张绝对天皇制的超国家主义截然相反的另一端。现在，我是由全国八千个市民团体组成的宪法‘九条会’的一员，坚持和平宪法中的反战、非武装思想。……从我10岁那年的战败直至74岁的今天，在这六十多年里，我一直生活在其中。这种‘时代精神’在我们国家的宪法里表现得尤为突出，是一种战败之后追求新生的时代精神。”①

大江先生在《冲绳札记》中所作的调查以及追问和自问，不可避免地冲撞到右翼势力的底线，尤其是“自由主义史观研究会”和“新历史教科书编撰会”这两个分别成立于1995年和1997年的右翼团体，他们原本就要“通过编写中学历史教科书向日本青少年灌输修正主义史观作为其战略”②，特意“把南京大屠杀、随军慰安妇（军队性暴力受害者）、冲绳战役概括为‘侮辱日本国家和军队的名誉’的三件套”③，于2004年叫嚣要在“战败六十周年之际，揭开‘冲绳战役集体自杀事件’的真相”④，于是策划和怂恿曾在冲绳担任守

---

① 大江健三郎著，熊淑娥译《来自“晚期工作”的现场》，《作家》2010年第8期，第5页。

② 董炳月著，《平成时代的小森阳一》，载《天皇的玉音放送》，三联书店2010年版，第181页。

③ 胡冬竹著，引自《南风窗》杂志社官方网站文化栏2009年3月11日之内容。

④ 陈言著，《代译后记　当内心的法庭遭遇世俗的法庭》，载《冲绳札记》，上海译文出版社2016年版，第198页。

备队长的梅泽裕少佐和另一个同为守备队长的赤松嘉次大尉的弟弟，于2005年8月5日提起诉讼，状告大江先生在《冲绳札记》中有关日军强令民众集体自杀的表述是“虚伪的事实”，进而以“名誉受到损毁”为由，要求该书的作者大江健三郎和出版商岩波书店停止发行，并赔偿二千万日元的精神损失费。在这场诉讼案的幕后，我们还可以看到日本文部科学省的身影。还是在前面说到的那场讲演中，面对莫言、朱天文、小森阳一、陈众议、彭小妍等作家和学者，大江先生这样说道：

> “图谋复活超国家主义的那些人士，企图将这幕由日本军队强制造成的集体自杀惨剧美化成为国殉死的义举。在他们策划的接二连三的事件中，就包括这起诉讼案。日本的文部科学省也参与其中，从高中生的教科书中删除这一历史事实的图谋已经公开化。我正为此奋力抗争。”①

其实早在2001年4月3日，文部科学省便宣布“自由主义史观研究会”和“新历史教科书编撰会”这两个右翼团体的头目藤冈信胜等人编撰的、严重歪曲史实的《新历史教科书》“检定合格”，更于

① 大江健三郎著，熊淑娥译《来自“晚期工作”的现场》，《作家》2010年第8期，第2页。

2007年3月“在审查高中历史教科书时，删去有关日军在冲绳战役中强制当地居民集体自杀的表述。在遭到冲绳十一万民众于当年9月29日举行大规模集会抗议后，仅仅将‘强制’置换为‘参与’这种暧昧的字眼。”[①] 这部经删改的教科书很快就被原告方作为证据出示在二审的法庭上，以表示文部科学省所代表的政府立场同样否定了集体自杀的真实性。

对于右翼势力这次志在必得的挑衅，大江先生在夫人的全力支持下勇敢地选择了战斗。面对对方庞大而豪华的律师阵容，大江先生丝毫没有怯阵，在“踏入法庭的那个瞬间，一股战斗的冲动突然溢满全身，觉得自己那时就是一个战士，一个渴望进行战斗的战士”，甚或如同《现在，请选择宪法之魂》作者之一的小森阳一教授曾对我说过的那样：“毋宁说，这场诉讼官司正是大江先生所期盼的。因为，这样他就可以在这个万人瞩目的战场上进行战斗了！”这就是《冲绳札记》诉讼案的背景和由来。这场诉讼是大江健三郎及其出版商与右翼势力的正面较量，更是正义与邪恶的面对面的对决，《记录·冲绳“集体自杀”审判》从多角度记录了这场较量和对决，为我们进一步了解这场较量和对决提供了弥足珍贵的一手资料和公正的解读。

---

① 大江健三郎著，熊淑娥译《来自“晚期工作”的现场》，《作家》2010年第8期，第3页。

不可忽视的是，右翼势力发起这场诉讼的更大目的，在于砍倒大江健三郎这杆民主主义的大旗，进而在“要成为正常国家”的幌子下全力修改宪法第九条(①日本国民衷心谋求基于正义与秩序的国际和平，永远放弃以国权发动的战争、武力威胁或武力行使作为解决国际争端的手段。②为达到前项目的，不保持陆海空军及其他战争力量，不承认国家的交战权)，以此为复活国家主义甚或再走战争老路铺平道路。在当下这个危急时刻，日本该向何处去？人们该如何选择？记得在2015年8月8日，我前往大江先生位于成城的家中拜访时，先生语气凝重地对我说：“在战后这七十年间，日本人拥有和平宪法，不进行战争，在亚洲内部坚定地走和平发展的道路，也就是说，我们一直在维护这部民主主义与和平主义的宪法。这其中最大的一个要素，就是有必要深刻反省日本如何存在于亚洲内部，包括反省那场战争，然后是面向和平……”的确，以加藤周一、大江健三郎、井上厦、小田实、奥平康弘、泽地久枝、三木睦子等“九条会”发起人和事务局长小森阳一等人为中心的和平力量从来没有，也不敢忘记自己的历史责任，他们借助《现在，请选择宪法之魂》一书作出了自己的选择，同时呼吁更多的日本民众勇敢地作出选择——请选择宪法第九条这个魂！请选择来之不易的和平生活！请选择通往光明未来的民主主义！他们在该书中无情揭露右翼势力图谋修改和平宪法第九条的种种恶行，指出安倍晋三试图挟持民意强行修改和平宪法，终将把日本拖入战争之路、死亡之路、毁灭之路。

同为“九条会”发起人的井上厦先生是日本著名剧作家、小说家和随笔家。先生出生于1934年，与大江先生一样，是战后第一批从小学直接升入新制中学的学生，当然也是新宪法和《教育基本法》的第一批受益者，民主主义氛围中的和平生活与战争期间的悲苦体验形成了鲜明对比，成为其日后拥护和平宪法、反战反核的起始点，也成为其诸多文学作品的底流。初演于1994年9月的戏剧《和爸爸在一起》当然也属于此类反战反核的代表作，为了让剧本体现出地道的广岛方言这一文体特色，出生于山形县的井上先生刻苦研读广岛方言辞典，成功地让饰演遭受原子弹轰炸的一对父女的演员，在舞台上用幽默的口吻讲述令人揪心的往日记忆和当下的日常生活，同时让观众在这种幽默和揪心之间深刻意识到，广岛是座流淌着几条大河的美丽城市，战争期间曾有多家军工厂在此大量生产各种武器，源源不断地送往中国等亚洲诸国，屠杀那里的人民，掠夺那里的财物，这里最终因此而招致了毁灭性打击——绰号为小男孩（Little Boy）的原子弹自天而降……

其实，井上先生与我任职的中国社会科学院外国文学研究所原本有一个计划，那就是由外文所邀请井上先生于2009年间对中国进行为期十五天的学术访问。在东京与井上先生讨论访华的日程安排时，先生首先提出，为了表示对自己所敬仰的鲁迅先生的敬意，希望在中国社会科学院的大会堂上演一台戏——《上海月亮》，还希望能邀请到莫言先生和铁凝女士等中国作家现场观摩，其次要去重庆调查日军无差别大轰炸的战争罪行，打算以此为题材创作戏剧作品……正当我们的接待准备工作顺利进展之际，却接到小松座剧团的传真，表示井上先生身体抱恙且日程繁忙，希望将访华日程顺延一年。再往后，也就是 2010 年 4 月 10 日，我得到了噩耗，说是前日夜间，井上先生因罹患癌症而于家中去世。呜呼，这世上再也没有井上厦先生，唯余未及在社科院上演的《上海月亮》和其他诸多戏剧作品留存人间。这次译文出版社将《和爸爸在一起》与《上海月亮》收入译丛之中，也算是在某种程度上慰藉了井上先生的遗愿。井上先生，您当可安息了！

译丛收入的《日本现代思想批判》是日本具有代表性的知识分子子安宣邦先生的重要著作，本书的译者赵京华教授在译序里告诉我们：子安宣邦的日本思想史批判有一条清晰的逻辑思路，那就是“在近代思维中思考近代”构成了战前战后日本知识话语的重要特征，而那个最关键的“近代性”本身却没有获得真正深入的反思。如果说，柳田国男民俗学有意遮蔽了现代民族国家的政治意图和实现途径，支那学有着与帝国日本殖民主义的东亚战略同步的意识形态性，而“近代的超克”论则是在大东亚战争激发下发出的超克“欧洲近代”的谶语，那么，战后对“超克”论的重新解读因对导致日本国家走向战争的根本依据之“近代”本身不曾做深刻的检讨和质疑，对柳田民俗学和支那学未能做出及时有效的反省，而暴露出日本现代知识话语的重大缺失。

赵京华教授认为，子安宣邦先生是在以日本思想史家的深邃眼光告诫人们注意：提倡“亚洲叙述”和东亚文化一体化时，不可忽视这一话语的历史性，要注意到20世纪前半期由日本提起的“东亚”概念的背景，更需要注意这个话语叙事与帝国日本及其殖民战争之间的深刻关系，尤其要警惕今天的“东亚”论不能重蹈覆辙，成为以某一国为中心的新的话语霸权。

“我无法重新活一遍，可是/我们却能够重新活一遍”！大江先生如是说。我们相信译丛的其他作者也在借助自己的文字表述着同样的意愿，我们期待诸多读者加入进来，站在大江先生等作者身后，以这句话语共勉，从而牢记历史教训，珍惜战后和平，坚持走民主主义的和平发展之路！

目录

和爸爸在一起（李锦琦 译） 1

《和爸爸在一起》译后记 80

上海月亮（张立波 译） 83

“缘”自鲁迅（《上海月亮》代译后记） 269

井上厦年谱简编 273

和爸爸在一起

李锦琦 译

一

音乐和黑暗缓缓地围住观众席。不久，定音鼓的阵阵击打声从远处传来，闪电自远处划过。

——不久，闪电中浮现出破旧的简易板房。现在是昭和二十三年（1948年）七月最后一周的星期二的下午五点半。这里是广岛市比治山东侧的福吉美津江的家。房间的布局，从舞台的左手起，顺序是厨房、放有折叠式矮饭桌之类的六帖榻榻米大小的饭堂和放有书橱、书桌的八帖榻榻米大小的房间。房间内带有壁橱。

……这时，从饭堂背面的门口传来急促的木屐声，是美津江跑了回来。她二十三岁。上身穿旧式白色罩衫，下身是扎得紧绷绷的碎白花布的扎腿裤。她没有带手提包，而是紧抱着木把的购物袋。她跨进饭堂时，又是一个闪电。美津江吓得抱紧购物袋摊倒在了榻榻米上，双手紧捂着眼睛和耳朵。

美津江

爸爸！太可怕了！

壁橱的拉门"哗啦"一声拉开，竹造正躲在壁橱的上层。

竹造

我在这儿呢，这儿。美津江，快钻进壁橱里躲躲。

竹造身着白色开襟衫和开襟的“国民服”，头上捂着坐垫挡雷。他又拿起一个扔给美津江。

竹造

你愣在那儿干什么，还不赶快捂上坐垫躲到壁橱的下层来。

美津江

（又惊又喜地）爸，原来您在这儿呀！

竹造

当然了。只要你愿意，不管是什么时候，不管在哪儿，我都会在。我不在，你可怎么办嘛。

美津江

但是，真的会有这样离奇的事儿吗？简直连做梦都不敢想……

竹造

还啰嗦什么，赶快躲进来……（又是一次电闪）哎呀，又来了！

美津江

（一边钻进壁橱）爸爸！

闪电和雷鸣渐渐远去。躲在壁橱上层和下层的父女趁着雷电的间隙聊起来。

竹造

爸爸、壁橱和坐垫，有我们三个伙伴保护你，扔原子弹、打雷什么的，没什么了不起的。

美津江

得了，我已经二十三岁了嘛。还让雷声吓成这样，真没出息。有时候我真生自己的气。

竹造

（坚决地）这并不怪你。

美津江

……谢谢您。

竹造

不久前，你还是你们女子专门学校田径队里的愣丫头，无论打多大的雷，还不是若无其事地在田径场上跑圈嘛。

美津江

（使劲点着头）那时候田径队只有三名队员，短跑、长跑都是我一个人包了。所以忙得团团转，哪还顾得上打雷呀。

竹造

你胆子那么大，如今打个雷却把你吓成这样。

美津江

……我怎么知道呢，吓死我了。

竹造

可是，你是什么时候开始怕打雷的呢？

美津江

大概是从三年前吧。

竹造

是从扔原子弹的那年开始的吧？

美津江

好像……是吧。

竹造

（点点头）你认识富田照相馆的阿信吧？

美津江

是我们原来常去的那家照相馆吧？

竹造

那家照相馆的手艺蛮高的，在广岛也是数一数二的。

美津江

爸爸和阿信在一起，常干些危险事儿。

竹造

危险事儿？

美津江

那时候，爸爸把我们的福吉屋旅馆租给陆军军官，成了他们聚会的地方。靠着这层关系大捞了一把。

竹造

可不是。有大米和酒，有鲑鱼和牛肉的罐头，还有香烟和牛奶糖，壁橱里什么东西没有呀。那时候，你还是婴儿时就死了娘，是个可怜的女儿。我就想，你没有了母爱怎么也不能让你缺吃少穿的，只要爸爸这条老命还在，怎么也得给你赚点东西……

美津江

你们用大米和香烟勾搭女人去泡温泉，阿信叔叔还偷偷地拍了照片给那些军官们看。还有……

竹造

（遮掩地）可不是。那个阿信现在还在车站前面的市场里卖白薯做的羊羹骗人呢。

美津江

我知道。

竹造

这家伙有这么好的本事，难道不造假骗人就活不下去吗。

美津江

这是拍裸照遭的报应嘛。

竹造

别这么刨根问底的。

美津江

对不起。

竹造

自从那以后，每次闪光灯“啪”、“嘭”地一闪，我的脑袋里就浮现出原子弹爆炸时的闪光，就像是拍照片的闪光灯似的。阿信告诉我，他对闪光灯也是怕得受不了，照相馆也关门不干了。也就是说阿信和你都把闪光灯、电闪、原子弹混在一起了，所以你们就开始感到恐惧了。

美津江

……原来是这样啊。

竹造

就是这么回事。你们的恐惧是有理由的，这用不着不好意思。不仅如此，凡是遭遇过原子弹灾害的人，不要说看到雷电发出的闪光，哪怕像萤火虫那样发亮的东西，都会大闹不止。这没什么，这正是受害者的权利嘛。

美津江

还有这样的权利啊？

竹造

没有也要争取呀。如果受害者对电闪雷鸣无动于衷，就可以说他不是真的受害者。

美津江

（不由分说地）这么说就太过分了吧。

竹造

这么说，也确实是……（边说边爬到屋檐廊边向空中张望）哎呀，太阳出来了！

美津江

（稍稍爬过去一点，看了看）真的呀。

竹造

雷好容易退到宇品那边的海上去了。

美津江

哎呀，太好了！

站起身，舒了口气，从厨房取来小茶壶和茶碗。

美津江

这是我今天早晨去图书馆前沏的麦茶，您喝吧。

竹造

好啊。

美津江倒了两杯，捧起自己那杯一饮而尽。竹造把杯子端到嘴边，又“咚”地放了下来。

竹造

我怎么能喝茶呢！

美津江

噢，对了。

美津江美滋滋地喝掉竹造的麦茶。竹造狠巴巴地盯着她。

竹造

这下可不好了。

美津江

怎么了？

竹造

是那些豆包。刚才木下先生在图书馆是不是送给你豆包了？那豆包可别压扁了。

美津江

哎呀！不好！

美津江从刚才还紧抱着的购物袋里取出报纸包，小心地打开……里面的大豆包完好无损。

竹造

（感叹地）还很硬实呐。

美津江

他说这豆包是在站前市场买的。

竹造

要算是做得不错的了。

美津江

木下先生还说，他一看见那豆包就不想走了，两腿简直像是灌了铅，怎么也无法从豆包铺前挪开。于是先买了一个，可还是觉得不满足，就又买了一个带上，这才挪动了脚步。

竹造

这豆包确实是不同凡响啊。

美津江

木下先生把豆包带到了图书馆的借书处，说："这豆包味道不错呀。我吃不了两个，这一个是送给你吃的。"（把豆包掰成两半）您吃吧。

竹造

这怎么行！我是不能吃东西的呀。

美津江

哎呀，可不是吗！

美津江一边吃，一边用纸包起另一半。竹造咽了咽口水，定了定神。

竹造

听说给你豆包的叫木下的小青年，现在当了什么文理大学的先生了。

美津江

（点点头）听说是从九月开始担任物理课的代理教师。

竹造

代理教师？

美津江

就是助手的意思。

竹造

（不时地点着头）他戴的眼镜比牛奶瓶底还厚，大书包从不离身，说话也是四平八稳、不急不躁的，就是个知识分子的模样嘛。怎么样，我估计得没错吧？

美津江

听说在扔原子弹那年之前，他当过吴海军工厂培训所的教官。还是海军技术中尉呐。

竹造

虽说当过海军，可还是土里土气的。

美津江

海军和海军还是不一样啊。战争后，他回母校东北帝国大学读了两年研究生，听说是这个七月初才回来的。噢，对了。听说原子弹爆炸不久，他在满目疮痍的广岛转了一天呢。

竹造

他有多大了？（推测着）有三十岁了吧？

美津江

二十六岁。他在借书单上就是这么写的。

竹造

你不是二十三岁吗，倒是蛮般配的呀。

美津江

（掠过一丝笑意之后，猛然嗔怒）您说的是什么话呀？木下先生只是来借书嘛。

竹造

（决然地）只是借书的话，怎么会送给你豆包呢！

美津江

别瞎说了。真拿您没办法。哎呀，我要准备晚饭了。爸爸，你还在这儿吗？

竹造

在不在还不就看你。

美津江

那好，把这儿收拾干净吧。

美津江系上围裙，走进厨房刷洗木饭盒。竹造也慢腾腾地找出掸子，围上围裙。

竹造

还是刚才那件事。木下先生是看上你了，才送你豆包的。这番意思你可是要明白哟。

美津江

爸爸，你把豆包的意思看得过重了。

竹造

难道这豆包里没有这层意思？莫非你没有看懂的勇气？

美津江

木下先生是出于感谢，仅此而已！

竹造

难道就这么肯定？

美津江

爸爸！

美津江重又走回饭堂。

美津江

您坐这儿吧。四天前，就是上个星期的星期五中午，有人来图书馆打听："有没有原子弹资料？我去市政府问过了，说是让我到图书馆来问问。"这个人就是木下先生。平时有人这样问，只回答他我们这儿没有就完了，可是木下先生说话的语气特别执拗，所以我就向他解释了几句。我对他说："占领军对收集原子弹资料的事看得很紧。即使收集到了也严禁公开，何况原子弹受害者都极力想忘掉那个八月发生的事。没有人想说起它，没有人愿意去描绘那个八月发生的事，也没有人为它写诗和小说，更没有人像做学问一样去研究它。好像这件事转瞬间就从人世间消失得无影无踪了。这样就根本搜集不到什么像样的资料。就算还有一点资料，人们也是尽量处理掉。连我也统统烧掉了让我想起爸爸的东西。"……那两个豆包就是对我的这番话表示感谢，仅此而已嘛。

竹造

图书馆里有两个借书处，不都是女孩子管借书吗。

美津江

唉，就是高垣小姐和我呀，那又有什么相关。

竹造

从原子弹轰炸到现在，你好像完全变了个人。你变得沉默寡言，面无喜色，总是不抬眼睛，只是回到家才偶尔露出笑脸。可是高垣小姐却性格开朗，蛮讨人喜欢的。

美津江

就算是这样，那又有什么相关？

竹造

木下先生应该更愿意接近高垣小姐才对，可他却主动跟不讨人喜欢的你打招呼。这一点太重要了。按理说，他应该向高垣小姐打听才对嘛。

美津江

这种事还不是木下先生随意去做的。

竹造

所以我想说的是木下先生很出色，又有眼光。你本来就是性格乖巧、聪明伶俐的姑娘。不管怎么说，你从女专毕业的时候也是成绩名列第二的才女嘛。木下先生准是看中你是个内秀的姑娘才对你中意的。这正是豆包里面隐藏着的意思嘛。

美津江

您总是讲些离谱的话。（走到厨房后）说起怪话几天都没个完。我可不理您了。

竹造

可是，豆包里面还是隐藏着什么意思才对嘛。

美津江

豆包的事就到此为止吧。

竹造

这对你可是顶重要的大事啊，不管怎么说，一定要搞清楚豆包里的意思。

美津江

最近您总是突然出现，尽说些不着边儿的话，我的头都要痛死了。

竹造

说到底，你还是喜欢上木下先生了。双方一见钟情，将来准是相亲相恋的一对儿！外表粗，内里甜。你就像个豆包嘛。

美津江

（高喊着）那是不可能的。……我是绝对不允许自己去喜欢别人的！

竹造

你要是对木下先生没有这样的想法，怎么当时没把豆包还给他呢？

美津江

“保持肃静”是我们图书馆的第一条规定。“多谢您前几天的关照，这个豆包是送给你的。”“这可不行。”“别这么说，请务必收下。”“馆里规定不准收豆包。”……在借书处能这么你一言我一语地说话吗？馆长、主任，还有旁边的高垣小姐都在竖着耳朵听着呢。只能默不作声地收下，除此之外还能有什么办法！

竹造

明天要和木下先生见面吧！你们不是约好中午休息时在图书馆附近的千年松见面吗？

美津江

我正要推辞……

竹造

你刚才不是说过不能在借书处你一言我一语吗?

美津江

所以，我只能是点点头。

竹造

是那么回事嘛……

美津江

爸爸，您可要看清楚，明天我就向木下先生明确表示拒绝，让他今后不要再跟我说话。

竹造

凡事总不能向后看。要是喜欢木下先生就去喜欢嘛。你喜欢我，我喜欢你，双方想到一起才会幸福。这才是木下先生送你豆包的真正含义。

美津江

我是不能过幸福生活的人。请您不要再说了!

竹造

可是我已经是你的恋爱啦啦队队长了，绝不会轻易退出的。

美津江

啦啦队队长？

竹造

是的。你好好想想，我是从上星期五开始在你面前出现的。那天木下先生来到图书馆，你一见到他就露出了少有的激动的表情。一定是动了心了，对不对？

美津江

（回想起来）……

竹造

那时你内心的波动令我的躯干复苏了。看着木下先生向服务台走来，你还深深地叹了一口气，是不是？

美津江

（回想起来）……

竹造

你那一声叹息驱动了我的手足，仿佛感觉到了你在祈求：“快到我这边的窗口来吧！”

美津江

（回想起来）……

竹造

你的祈求鼓动了我的心脏。

美津江

这些日子您在这儿转来转去，原来是为了让我去恋爱呀。

竹造悄悄地笑了。

美津江

我不能谈恋爱。我怎么也无法去恋爱。您就别再逼我了。

竹造

你不能对自己太苛求。那样的话，你的一生会过得太平淡无味了。

美津江

不要再捉弄我了，我可是忙得很呐。我要做晚饭了。明天的事情还要去准备。我们馆里的馆员要给放暑假的孩子们开故事会，要讲十天的故事呢。三四十个孩子每天聚在凉风习习的比治山松林边听我们讲故事，他们爱听我们的故事和风吹过松树梢的声音，他们满怀期望，可得认真准备才行。

美津江咔嚓咔嚓地切着洋白菜。竹造望着她切菜的样子。过了一会儿，他收拾干净后，向门口走去。美津江还在用力地切着……灯光慢慢暗下来。

二

音乐声中，三十瓦特电灯发出的纤细光线安详地映照着八帖榻榻米大小的房间。舞台边，蚊香烟雾袅袅飘起。

一天后的星期三傍晚八点刚过。电灯下，身穿白色衬衫、扎腿裤的美津江正在书桌上用铅笔写着什么。

……写了一段后，美津江一边用眼睛不住地扫视刚刚写过的地方，一边开始“讲故事”。美津江照本宣科地念着，不时对稿子做些修改。

美津江

……从前，广岛是闻名的“纵跨七川的美丽水城”，这七条河在她的北郊汇成太田川。过去，姐姐每个星期都要和国文系的伙伴们到太田川边的村庄搜集当地的古老传说。说实在的，当地人给我们做的饭菜我们都非常爱吃，什么牡蛎酱味烩饼啦、松茸什锦拌饭啦、酱拌魔芋啦，与其说搜集故事，倒不如说那些好吃的更让我们高兴啊。我们满怀热情地走遍了那一带。下面这则故事是我们从一位老人家那儿听到的民间传说。那次好像还吃了人家的烤香鱼。

（清了清嗓子）从前，有一对老爷爷和老奶奶住在太田川上游深处的大山里。老爷爷是个又贪心又懒散的人，他整天游手好闲、无所事事。洗衣服啦、打柴啦、烤香鱼啦，从里到外都是靠老奶奶一人苦苦支撑。

有一天，老奶奶到河边去捉香鱼。她口渴难耐，就喝了一口河里的水。你们猜怎么样？——老奶奶脸上的皱纹一下子全没有了！老奶奶又喝了一口，这回她的腰变得直直的。老奶奶于是喝了第三口，这一回她竟然返老还童，变成了一个美丽动人的姑娘！老奶奶回家后把这事告诉了老爷爷，老爷爷愤愤地说："难道就你这老婆子能返老还童？！我要让你看看，我也能变成一个美男子，绝不会比你差！"说着，他叫嚷着跑了出去。可是，到了深夜，还是不见他回来。

厨房里响起了"咚咚咚"捣钵的声音。竹造头上紧紧扎着毛巾，腰上围着围裙。他一边不时地用手里的团扇轰蚊子，一边捣着小杂鱼干。

美津江

……是爸爸？

竹造

嗯，这几天真热啊。

美津江

您一直在这儿？

竹造

可不是在这儿嘛。又是一天没见啊。

美津江

能不能别咚咚咚地敲啊。这么吵我都没法练习了。(走进厨房，打开电灯)您做什么呀?

竹造

当然是小杂鱼酱了。你瞧着吧，这小杂鱼干可够味了。

美津江

您是怎么知道我正想做小杂鱼酱的啊?

竹造

那儿不是放着小杂鱼干和酱嘛，这我还是看得出来的。

美津江

……

竹造

来，放点咸酱。

竹造从身边的大海碗里舀出咸酱放进钵里，继续磨起来。

竹造

再加些切碎的辣椒。(冲着美津江)辣椒、辣椒。

美津江从旁边的小碟里捏出少量辣椒加到钵里。竹造熟练地磨碎它们。

竹造

福吉屋旅馆的拿手菜——小杂鱼酱好了！

美津江

（尝了尝）嗯，好味道。

竹造

爸爸的手艺还没退步吧。你讲的故事后来怎样了？那个贪心的老头儿又怎样了？

美津江

（点点头）后来，到了深夜，老奶奶见老爷爷还没有回家，很是担心，就提着灯笼出去找他。……老奶奶到了河边，看见有个贪心的小孩儿正在那儿哇哇大哭呢。

竹造

这个故事太高深了，现在的孩子们是不爱听的。

美津江

也不能勉强他们呀！

竹造

那怎么行，一定要讲得有趣才行。你看，这样改一改怎么样。（讲故事）到了深夜，老奶奶见老爷爷一去不回，很是担心，就提着灯笼出去接他。……到了河边，却只看见了老爷爷的假牙。

美津江

……

竹造

（对她的不赞成感到意外）贪心的老爷爷喝多了返老还童的河水，变成了小孩儿还停不住，终于回到了出生前，不见了踪影。

美津江

我也明白是这样。

竹造

比你的结尾更令人发笑吧？

美津江

（叫嚷着）传说故事是不能随便乱讲的！我们广岛女专故事研究会的作风就是把祖先传下来的传说故事原封不动地讲给后来的人们。

竹造

六年前，你们那个什么会还不是挨县里督学的骂。他说现在是战争时期，是非常时期，搞传说故事顶个屁用，有这工夫该好好到工厂干活儿。你们好像是在昭和十七年[①]底就解散了的。

美津江

可是，研究会的根本宗旨还活在我们的身体里。

---

① 即 1942 年。

竹造

……今天午休的时候，你就是这么和木下先生争吵的吧？

美津江

不是什么争吵，那是讨论。

竹造

不对。比治山的松树林是个凉快的睡午觉的好地方，那些人被你这么一吵吵，一定吓得跳起来。

美津江

我不是说过，那不过是讨论嘛！

美津江回到房间，努力地背稿子。竹造把小杂鱼酱分别装进两个容器（带盖的瓷器）里。

竹造

木下先生最初是由原子弹瓦引起对原子弹爆炸的注意吧？

美津江

……他是那样说的。

竹造

那年的八月底，木下先生暂时疏散到岩手老家，在他从吴赶到广岛后，就利用换车的空闲把炸成一片废墟的广岛转了个遍。中午，他走到大手町的不动明王庙一带，准备坐下来打开饭盒吃午饭。这时，他猛然感到一阵刺痛，原来是个尖尖的东西穿透海军军官裤，刺到了他的屁股……

美津江

是原子弹瓦正巧就在他要坐下去的地方吧。

竹造

他一看，瓦上还立着密密麻麻的刺，而且每根刺都冲着同一个方向。可以肯定，这些刺是在瞬间被难以想像的高温烤化了表面后形成的。……木下先生说，这究竟是什么样的炸弹啊！一定要搞清楚。他就是为了这才一路捡着原子弹瓦返回火车站的。

美津江

确实是这样。

竹造

他的原子弹瓦不是存在你那儿吗？

美津江从书橱顶上取下包袱皮。

美津江

根本不是我要给他存放的，是木下先生硬放在我这儿的。

竹造把包袱皮放在折叠矮饭桌上，打开包袱皮，里面是一个扁平的糕点盒。竹造掀开盒盖愣愣地望着纸盒里的东西。盒里是几片原子弹瓦片（五厘米见方）、熔化变形的药瓶和碎玻璃片。

美津江

（替竹造取出来，但很抵触地）这些玻璃片是从受害者的身上取出来的呀。

竹造

……太惨了。

美津江

原子弹瓦。

竹造

……密密麻麻的都是刺呀。

美津江

装药水的药瓶都烤得变形了。

竹造

……太可怕了。

美津江

在木下先生那儿，还有和这药瓶一样变形的啤酒瓶，烤成圆鼓鼓的就像法国圆号似的一升装的清酒瓶子，有好几十个呐。有表面烤出水泡的石灯笼，还有表针烧焦后紧贴在表盘上的大钟……可是，木下先生为了这事差点儿让房东太太从住了不到一个月的房子轰走。

竹造

真的?

美津江

(点点头)每次房东太太见他抱着这些东西回去总是发牢骚,说:“带回来这东西,太恶心了。”“再这样下去地板就要压坏了,要是不加房租我就不租了。”挨了她好一通呵斥。前天,他抱一油箱的原子弹瓦回去,晚饭的时候米饭和酱汤就少了许多。

竹造

真是太不讲情面了!

美津江

所以,木下先生今天在图书馆跟我说:“我知道这很让你为难。但是无论如何我得拜托你一件事:请你把原子弹遗物保存在图书馆。”

竹造

确实,这是勉为其难的事儿。

美津江

(使劲地点点头)要是麦克阿瑟同意的话自然是没问题。当场回绝人家又不好意思,我就告诉他让我考虑一天。所以,明天中午午休时我必须去见他。哪有这么麻烦的读者!

竹造

借我手绢用一下。

美津江

唉？……唉！

竹造从美津江手里接过盛着小杂鱼酱的罐子，又用手绢包好。

竹造

给木下先生的小杂鱼酱已经装在罐子里，你明天就送给他。

美津江

爸爸，您真是……

竹造

男人呀，一看女孩子的手绢，就会神魂颠倒。

美津江

您真是爱管闲事儿。净疑神疑鬼地瞎猜。

竹造

要不，你就送给主任嘛。

美津江

主任的老婆可是个醋坛子，要是被她误会了可不得了。

竹造

要不你还是送给木下先生吧。

美津江忿忿地坐到书桌前。

美津江

请您再别做这样的事儿了。

竹造

你想一想，你和木下先生的争论为的到底是什么？

美津江

……他最后说："为了把你的受害经历流传给孩子们，请你想办法用我收集的原子弹遗物编成孩子们爱听的故事吧。"

竹造

这个木下先生真是个智者啊。

美津江

我跟他说："不行，我们研究会的根本宗旨就是讲述传说故事不能胡编乱造。"

竹造

还是老一套。套在自己搜集的故事的框框里跳不出来……

美津江

可是，木下先生硬是要把这些东西存在图书馆，一点也不肯让步。最后我大声告诉他不能做的事就是不能做。您看见的就是这一段……

竹造

等一下。我有一个好主意。

美津江

噢，这可是爸爸的惯用伎俩啊，是靠不住的代名词，对我是完全不起作用的。您能想出好主意的时候，不是为做成一笔买卖，就是为勾搭女人。爷爷留下的财产除了这个小旅馆，别的什么也没剩下……

竹造

就是财产赚得再多，还不是全让原子弹烧成灰了。这样看，我还是蛮有先见之明的呢。

美津江

这是什么话。您不觉得这种话是对勤奋工作的人不恭吗？真是的。

竹造

好了，好了，就按你们征集的故事讲吧，吵来吵去得没个完。不过可以把原子弹遗物编进这些谁都知道的故事里，这样木下先生一定会高兴的。

美津江

暑假故事会是为孩子们办的。

竹造

我知道嘛。好吧，你就试试把原子弹遗物编进桃太郎的故事啦、猴子大战螃蟹啦、一寸法师啦什么的。

美津江

这可怎么编呀?

竹造

这是你这个讲故事的人考虑的嘛。

美津江

占领军可是瞪着眼睛盯着呢。爸爸不会不知道占领军的厉害吧，这群整天游手好闲的家伙!

竹造

(灵机一动)有了……

美津江

我还要把故事背熟呐，您就别在这儿打扰我了好不好，以后再来吧。

竹造

(反而神气十足地)好吧。你的话会随着你的故事飞向四面八方。它穿过孩子们美好的心灵，乘风升上天空化成彩虹。它不留下痕迹。广岛的风也会越过比治山成为你的伙伴。

竹造一边讲一边把木下的原子弹遗物装进围裙的兜里。围裙上边有一个兜，下边有两个兜。

竹造

不管是不是有参考作用，还是请你听一听。(开始讲故事)话说一寸法师……大家都知道一寸法师乘一叶扁舟[①]游京都的故事吧。他为了搭救公主跳进赤鬼嘴里后，用缝衣针在赤鬼的肚子里扑哧扑哧地一阵猛扎，这赤鬼终于认输投降。够厉害吧？确实厉害呀。可是，广岛的一寸法师更是厉害、更是厉害哟。

美津江

……广岛的一寸法师？

竹造

（使劲点点头）“福吉美津江围裙剧场”演出正式开始！

美津江

围裙剧场？

竹造

（再次点头）要巧妙地利用围裙上的兜来烘托故事气氛。好了，跳进赤鬼肚子这一段故事完全不变，但接下来就完全不同了。（接着讲故事）广岛的一寸法师飞身跳进赤鬼的肚子，（从围裙右下兜里取出原子弹瓦片高高举起）用原子弹瓦片死死抵住赤鬼肚子的底部：“嘿！你这恶鬼！用你那个塞满耳垢的烂耳朵听好：我手里拿的可是广岛原子弹瓦片。你知不知道，这是那天早晨在广岛五百八十米上空原子弹爆炸形成的。爆炸一秒钟之后喷出了高达一万二千摄氏度的火球！你知不知道，这一万二千度是个怎样的高温呀。太阳中心的温度仅仅是六千度！就是说当时广岛五百八十米的上空，悬挂着两个太阳啊！虽然头顶着两个太阳的时间仅仅是一两秒，可是地

① 原文直译为碗舟。日本传说中，一寸法师所乘的木舟。此舟木质，呈碗状，以箸为楫。

上的人、鸟、虫、鱼、建筑物、石灯笼在一瞬间全部熔化了。所有的东西喷着火舌熔化了。屋顶上的瓦也熔化了。接着就是爆风[①]。每秒三百五十米的爆风，比音速还要快。熔化的屋瓦的表面被爆风吹成毛刺，再冷结成如同冻土中的霜柱一样的硬刺。这瓦片就像擦萝卜的擦菜板，不，就像插花用的剑山座[②]。我要用这可怕的硬刺咔咔地擦碎你的肝脏，咔哧咔哧……”赤鬼痛苦不已，面色苍白地瘫倒，满地打滚。

美津江惊恐不已。

竹造又从左下兜取出药瓶，高高举起。

竹造

广岛的一寸法师飞快地取出受热弯曲的药瓶：

“嘿！恶鬼！我要用这原子弹药瓶塞住你的屁股，从里面给你弄个栓，让它堵死你！”

竹造又从上兜取出碎玻璃片，高高举起。

竹造

“嘿！恶鬼！这就是扎进人体的玻璃片。爆风刮碎了广岛所有的窗户玻璃，扎进人们的身体，把泣不成声的人扎成刺猬……”

美津江

（不知何时，她紧紧抓住了自己的左臂）您别说了！

---

① 因爆炸产生的高温飓风。

② 使花束固定的尖锐基座。

竹造

“我就用这可怕的玻璃刀，把你的大肠、小肠和盲肠割成一千零六段……”

美津江

别讲了，好不好！

竹造

……为什么投下这么残暴的炸弹哟！同样是人，却让我们顶着两个太阳。

他一边说，一边收拾起捣钵。

竹造

无论怎样，只要是故事里夹进原子弹的内容，广岛人都会痛苦的。你要牢牢记住这些呀。为了让木下先生喜欢上你，爸爸做了对不住你的事。我这个主意也许行不通吧？

说着，他拿起收拾好的东西，消失在厨房里。

竹造

送给木下先生的礼物，明天就带去这小杂鱼酱了。

美津江

谢谢您这么费心。（说完，已不见了他的人影）……爸爸？爸爸……

灯光慢慢暗下去。

三

音乐声中，雨还下着。

灯光亮起，前场的翌日，星期四的下午。雨水从天井漏下来，雨滴准确地落在饭堂里的五六个大海碗和八帖房间的六七个饭碗里。

竹造站在饭堂的左手边，他的身边放着大铁锅和煮饭的铁釜，他拎着小铁锅，用监考官似的眼光查看着两个房间落下的雨滴。

……这时，他发现了饭堂和八帖房间分界处新的漏雨处。竹造哼着类似童谣的曲子，迈着踢石子游戏的步子巧妙地穿过大海碗和饭碗，然后把小铁锅放在漏雨的地方。

竹造

昨晚的雨，是聪明的雨。夜里下，早晨停。

说着，转身回到刚才的位置。他立即又发现有雨滴滴在远处房间的书桌上，于是他抱起铁釜冲过去。

竹造

现在的雨是混账的雨啊。早晨开始下，到了中午还是不停。

他放下铁釜，拉过书桌，可又对书桌的位置举棋不定。于是，他搬起了书桌。

竹造

雨啊雨，下个不停！你的爸爸游手好闲，你的妈妈没有规矩。

他又回到刚才的位置。在找放书桌的地方时，看见书桌上的信和信封。他放下书桌，坐下来读起了信封上的字。

竹造

“广岛市外府中町鹿笼二丁目……泷泽先生烦转，木下正先生敬启”。敬启？

他呆呆地笑了笑，接着读信。

竹造

（不时念出声）（前略）感谢您惠顾市立图书馆……您每次来馆时总是行色匆匆……（漏下来的雨滴到头上，他用头顶起大锅）因事关紧要，特专书奉告……您收集的原子弹遗物……如果愿意放在我家……我独居在家，因此可以放心……虽然有些漏雨……值此盛夏酷暑……敬希保重身体……敬具。

美津江回到家，在门口处甩掉油伞上的雨水。

竹造

这么早就回来了。

美津江

——啊，爸爸。

竹造

噢，谢谢你让我呆在家里。刚过中午就回来，发生什么事情了吗？

美津江

因为下雨，故事会取消了。

竹造

（点点头）不过，雨下在半夜就好了。孩子们也怪可怜的。……忘了东西吗？

美津江

是提早回来的。

竹造

哪儿不舒服吗？（惊异地）恶心，还是头晕？耳鸣？胃胀？腹泻……不是原子弹病又犯了吧？

美津江

最近没犯过。

竹造

那就好，可是……

美津江

还是有些不舒服,(轻轻地按着左上臂)就是这儿。

竹造

这样的话不是可以放心了吗?(打起精神)也许这坏蛋终于再逞威风了。

美津江

您总让我打消顾虑空欢喜,说不定什么时候它又会跑出来报复我,到死也不能掉以轻心。

竹造

嗯,这包袱是要背上一辈子了……哎?

头伸出屋檐看了看。

美津江

太好了,雨终于停下来了。要是再下,就连接雨水的东西也没了,恐怕连洗澡桶也要搬出来接了。

竹造把五六个刚才接雨水的大海碗和饭碗收拾起来,支起矮桌,腾出坐的地方。

竹造

那么,做得还顺利吧?

美津江

顺利？

竹造

我是说小杂鱼酱。木下先生还喜欢吧？

美津江

啊，是说小杂鱼酱啊……

竹造

这可是我最喜欢吃的东西。他没说些什么吗？

美津江

我还没交给他呢……

美津江从购物袋里取出用手帕包好的酱，放在矮饭桌上。

美津江

在这呢。

竹造

你怎么没有交给他呢？

美津江

我没有去比治山。

竹造

为什么？

美津江

当时，天还下着雨……

竹造

不是带伞了嘛。

美津江

道路泥泞，弄不好要摔跤。

竹造

你的木屐不是有屐齿吗？

美津江

最要紧的是……

竹造

到底是怎么回事？

美津江

我不能见木下先生……

竹造

又说这种话。再这么说，会让人笑话的。

美津江

所以，我去工作间修补旧书了……

竹造

现在再去也许还来得及。

美津江

我看见木下先生从比治山方向向图书馆走来，我想我不能见他，就请假提前回来了。

竹造

（颤抖地）要是在从前，我可要狠狠教训你。

美津江

爸爸，这是最好的选择，我是不可以喜欢别人的。

竹造

现在忍住了，以后可是要追悔莫及的。

美津江

我说过这样做最好，您就别管了。

美津江开始整理房间。

竹造

可不要小瞧了我这个啦啦队队长哟。

美津江

您生气了？

竹造

翻来覆去地骗人，你敢说你不喜欢木下先生吗？

美津江

不是这样，那是……

竹造

问你也是白搭，（用手指着书桌上的信封和信纸）什么“敬启”？从这个称呼就看出了你的心思。

美津江

（犹豫了一下）女人不都这样写嘛。

竹造

“我独居在家，因此可以放心……”要仅仅是借书人，能这么写吗？

美津江

那是我乱写的，我正要扔掉它呢。把信还给我。

竹造

要是不要了的话，我去替你扔。

美津江

爸爸……

竹造把信封和信装进裤兜里。

竹造

你为什么不可以喜欢别人呢？你虽然不是叫人魂不守舍的美人，这其中我也有责任，可是细细打量，你也是讨人喜欢、模样俊俏的姑娘。当然这也有我的功劳。

美津江

您到底在说什么呢。

竹造

就是说，木下先生既然喜欢你，长得怎么样又有什么关系。

美津江

根本不是这么回事。

竹造

……莫不是因为你得了原爆症吧？因为说不定什么时候就会发病，所以才不敢喜欢谁？

美津江

（点点头）可是，当时木下先生说过他会拼命照顾我的话。

竹造

什么，你们不是很有进展嘛。（灵机一动地）对了，将来生了孩子也让人担心啊，不是说原爆症可能会遗传给小孩的吗？真让人受不了！

美津江

（点点头）那就是命运了。但是一定要好好把孩子养大。

竹造

木下先生也是这样说的吗。

美津江

他是绕着弯子说的。

竹造

不管是绕着弯子还是直截了当，反正话都说到这份上了……就不用我操心了。

美津江

所以就更不能去见木下先生了。

竹造

这又是怎么回事？难道越投缘越不能在一起吗？

美津江

嗯……可以这么说。

竹造

如果不讲清楚，我真的可要生气了。一会儿说东，一会儿说西，翻来覆去地乱翻筋斗，我越来越弄不明白是怎么回事了。

美津江

（极为郑重其事地说）请您坐在这儿。

竹造

……好的。

竹造毫不犹豫地坐到美津江的面前。

美津江

许多人应该比我生活得更幸福。可是我却抛开这些人享受幸福，这怎么行。如果我过上了幸福的生活，怎么对得起她们啊。

竹造

你说的这些人是指什么人？

美津江

比如说像福村昭子……

竹造

福村？就是……

美津江

（点点头）我们从县立女一中一直到女子专门学校都在一起。昭子姓福村，我姓福吉。我俩姓的头一个字都是福字。在一起整整八年，我们还是同桌，也都是田径队的队员，所以别人把我俩叫“二福”。

竹造

只有你们两个还好。要是再多出一两个带福字的，说不定会把你们叫“多福”呢。

美津江

（忍耐着）……在女子专门学校我俩共同组织了故事研究会，昭子是会长，我是副会长。不许改编故事这个研究会的宗旨也是我俩商量决定的。

竹造

所以跟木下先生之间也是一点儿都不能妥协。

美津江

是的。

竹造

你们在学习上也是挺较劲的，对吧？

美津江

（摇摇头）不用说赛跑，学习上我从来没有超过昭子过，我总是第二。也许这应该怨爸爸。

竹造

……不要冷不丁地挖苦爸爸。

美津江

最引人注目的是她可漂亮了，人称“女一中校花”“女专校花”。

竹造

那姑娘的妈妈才叫漂亮呢。她妈妈开了个缝纫学校，又是个寡妇，不知道为什么我每次见到她总是笨嘴拙舌的。

美津江

您还给人家写信，顺带送大米啦，鲑鱼和牛肉罐头。“值此春暖花开，望同去比治山观夜樱。福吉屋旅馆竹造致福村静枝君收……”

竹造

你是怎么知道的？

美津江

是昭子拿给我看的。她说：“‘君收’这个敬称不是有些怪吗？”

竹造

……奇怪吗？

美津江

“君收”是女子用的敬称嘛。

竹造

这种事是不应该宣扬的。原来是个没面子的、差劲的寡妇。

美津江

她对我和气得就像亲生母亲呢。

竹造

可不，她要真的是你亲生母亲可就好了。把姓从福村改成福吉，变一个字就行了。

美津江

（忍耐着，郑重地说）昭子更应该过上幸福的生活。

竹造

可是，我要问，这又是为什么？

美津江

她从前比我漂亮，成绩也比我好，还比我有人缘，还有，原子弹爆炸的时候正是她救了我。

竹造

……从爆炸中救了你的，是她？

美津江

（使劲点点头）我能活下来，全是托了昭子的福。

竹造

说得真离奇呀，当时院子里只有你和我两个人。昭子又在哪儿呀？

美津江

是她的信救了我。

竹造

信?

美津江

那时，昭子是县立女二中的老师。当时她带着三、四年级的学生去了冈山水岛的飞机制造厂。原子弹爆炸的前一天，我收到了昭子寄来的信，高兴得不得了，就连夜给她写回信。那天早晨，我打算去图书馆的途中寄出去，我拿着厚厚的信正要走出通向庭院的小板门……

竹造

我就在屋檐下，正用木棒捣装在一升酒瓶里的米。我看见你绕过石灯笼，刚说了声："路上小心……"

美津江

（点点头）我听到后回头招了招手。就在这时，我看见从咱家屋顶方向飞过来 B–29 和一个看不清是什么却闪闪发亮的东西，我喊："爸爸，B–29 上扔下来了什么东西！"

竹造

"真怪呀，怎么也没发空袭警报啊。"我说着，就走到院里。

美津江

"又扔下来什么玩意儿啊，会不会还是传单呀……"看着看着手里的信掉了下去，落到了石灯笼的下面。我喊声"不好！"就蹲下身去捡信。这时，在我眼前，整个世界突然变得一片苍白！

竹造

我从下面看见，像有两个太阳一样的火球啊。

美津江

……（可怜地）爸爸。

竹造

火球中央发出白得刺眼的光，四周好像是红黄混合的让人害怕的圆圈。

停了一会儿。

竹造

然后呢？

美津江

石灯笼把我从火球的热辐射线中保护了起来。

竹造

（感动地）是那个石灯笼啊！嗯，真是物有所值的石灯笼啊！

美津江

要是没有昭子的来信，我也不会蹲下身去从石灯笼下面捡信。所以我说是昭子的信救了我……

突然，美津江用手捂住了脸。

竹造

……怎么了？

美津江

那天早晨，昭子坐最早的一趟列车忽然从水岛赶了回来。

竹造

（几乎绝望地）怎么回事？

美津江

因为夜校补习急需整套的蜡版工具和一千张纤维粗纸，昭子就急忙赶回了学校。

竹造

然后怎么样了？莫非她……

美津江

回来以后，她先到西观音町她妈妈那儿休息了一会儿，整八点的时候到了学校……听说是在红十字社千田町分部一带遇上了原子弹。

竹造

（呻吟般）嗯……

美津江

昭子的妈妈找到昭子是在整整一天以后。可是，她的遗体已经被排放在红十字社后面房间的地面上。

竹造

哎，多么不幸的姑娘啊。

美津江

（一边点头，一边哽咽着）听说，扎腿裤后面全给烧光了，臀部也全露在外面，还粘着一些干便……

停顿一下。

竹造

别说了吧。你觉得不应该得到普通人的幸福生活，你的心情我好像是明白了。

美津江

……

竹造

可是，也可以这样想嘛——你应该把昭子的那份幸福也争取到……

美津江

（喊叫着打断）我不能那么想。

竹造

为什么不行？

美津江

昭子的妈妈和我……有约在先。

竹造

有约在先?

美津江

(点点头)如同约定一样……

竹造

究竟是怎样的约定?

美津江

……三天之后的八月九日的傍晚，我见到了昭子的妈妈。

……扔原子弹那天，我从广岛逃到宫岛，直到九号的早晨一直暂住在堀内先生的家里。

竹造

堀内先生？好像在哪儿听说过。

美津江

是我们女中教插花的先生。

竹造

噢，是那个上了年纪的先生吧。

美津江

(点点头)……

竹造

有这样好的老师，太好了。

美津江

在堀内先生的鼓励下，我早晨离开了宫岛，中午回到了散发着烤鱼的臭味的家。

竹造

（安慰般）都烧光了吧？

美津江

我哭着收拾了爸爸的遗骨。

竹造

……是啊，不，我要谢谢你。

美津江

之后，我去西观音町的昭子家。那儿已经烧得什么也不剩了，我到的时候，她的妈妈还睡在防空壕里，后背上满是大大的燎泡，人趴在那儿，瘦得不成样儿……

竹造

好惨啊。

美津江

她妈妈看着我的脸，露出慈祥的笑容。她猛地坐起来紧紧地抱住我，说你可来了。可是，当她说到昭子的事情时，表情就突然变了，她的双眼瞪着我（无法说下去）……

竹造

她接着是问“你现在怎么样了”？

美津江

她说：“为什么你活下来了？”

竹造

……！

美津江

活下来的为什么不是我的孩子，而是你呢？

停顿一下。

美津江

她的妈妈就在那个月底死去了。

竹造

我不是为了解劝你才这么说，昭子的妈妈当时一定是悲伤过度才说了那样的话……

美津江

（使劲地摇头）我活下来是多么不合情理啊！

竹造

怎么能说这种话……

美津江

我活下来是说不过去的。

竹造

无论如何也不能说这种话。

美津江

请您听下去。

竹造

我不想听。

美津江

（毫不在意地继续说）我的朋友都死光了。野口是直挺挺地站在消防水沟里死的。爆炸的时候，山本还走在路上，嘴唇肿得像叼着黑茄子。加藤刚刚毕业就结了婚，她咽气的时候还在给小孩喂奶。孩子的嘴伸向妈妈的乳房，还什么都不懂就哭闹着离开了人世。乙羽抱着中央电话局的两个年轻同伴的胳膊，她俩给原子弹炸得浑身动弹不得，听说临死前还鼓励她“我们不要离开工作岗位啊”。三年过去了，我的朋友们再没有活着回来的啊。还有，是爸爸您呀！……

竹造

我和你的事，从前已经谈好了。好好想想你自己吧。

美津江

不行啊。当时死在广岛是很自然的事情，活下来是多么不自然哪。可是我却奇怪地活下来了。

竹造

死去的人并不是这样想啊。我就在你面前，就完全理解你嘛。

美津江

（打断他）我活着是说不过去的啊。可是，我没有勇气去死。

雨又下了起来。

美津江

尽管如此，我要尽可能地静静地活下去。时机到了，我会离开人世的。爸爸，这三年太难了。单单是能活下来，也该得到您的夸赞才对呀！

美津江站起身，朝门口走去。

竹造

你去哪儿？

美津江

还有些书没修补完，我还要回一趟图书馆。我想木下先生不会在那儿了。

竹造

等一下。

竹造从裤兜里掏出信封和信纸塞给美津江。

竹造

请把这个寄出去。

美津江

……

竹造

要寄快信。

美津江

太过分了吧?

竹造

这可是爸爸的命令。

美津江接过竹造塞给她的信封和信,手不停地颤抖。

竹造发现漏雨的地方,就把大海碗和茶碗放过去。

竹造

雨啊雨,下个不停。你的爸爸游手好闲,你的妈妈没有规矩……

雨越下越急,灯光暗下去。

四

音乐刚停止，立刻传来三轮货车发动机的声音，舞台灯光随之亮起来，前场的第二天，星期五的下午六点。

饭堂的折叠矮桌上，放着木下和三轮货车司机用过的茶碗。从八帖的房间到庭院边堆满了木下送来的原子弹遗物。

房间地上铺着报纸，上面有五六个熔化变形的啤酒瓶箱子，五合瓶[①]和一升装酒瓶，扭曲的一升装的酒壶，直径三十五厘米、表针指向八时十五分的圆形钟表，烧掉一半的新娘人偶等等，舞台右手的墙边堆放着茶叶盒和蜜橘箱等物。

庭院右边有三尊石灯笼的上半部分。此外，还有压萝卜咸菜用的石块大小、面部灼蚀的地藏观音头像。

三轮货车发动起来后，缓缓地开走了。这时，美津江面带笑容地走进门来，把茶碗收拾到厨房，用抹布擦矮桌，她一看到地藏头像，表情一下子就凝重起来了。

……不久，美津江战战兢兢地跑到房檐下望着地藏，然后光着双脚走到庭院的地藏头像跟前，把它转向自己，她禁不住哭喊起来。

---

① 容量单位。一合等于 0.18 升。

美津江

……这不是当时的爸爸吗?

像是与此相呼应般，竹造一边用吹火竹筒拍打着肩膀，一边从舞台左侧走上台来。

竹造

什么八号、九号、十号的?

美津江把地藏头像和竹造的脸比了比，愣愣望着它，猛地将地藏头像扭向了相反的方向。

美津江

原来您在这儿呢。

竹造

(点点头)老笑话还是搞不懂呀。这么说，木下先生还要再运一次原子弹遗物来这儿喽?

美津江

他说，这些才是一半。

竹造

(佩服地)果然是收集了不少东西。这可不是难为人家房东太太了，真是的。

美津江蹭了蹭脚底走进房间，擦矮桌、收拾厨房。她要和刚刚萌发出来的动摇心理进行抗争。

竹造

从木下先生住的地方到这儿有一段路呐，那个三轮货车司机说过要多长时间了吗?

美津江

他说单程有“一里十町”[①]，要过六个红绿灯和一个铁道口呢。

竹造

加上装运的时间，木下先生再有三四十分钟就应该到了。他来了以后，你先向他问候一下，然后马上让他洗个澡。

美津江

洗澡?

竹造

（亮了亮吹火竹筒）这么热的天气，洗澡是最惬意的了。

美津江

您烧好洗澡水了?

竹造

是嘛。

---

① “里”和“町”是长度单位。

美津江

好麻利……

竹造

二十年的光棍没白打呀。噢，木下先生喜欢洗澡水热一点，还是凉一点呢？

美津江

我怎么会知道这么多？

竹造

说得也是。还是要把水烧得差不多吧，洗好后应该给他上点儿什么凉东西喝。

美津江

我买了一瓶啤酒。

竹造

那就好。给那个司机准备凉水就行了，这么热的天气喝凉水也很舒服嘛。

美津江

我还买了 500 匁[①] 重的大块冰。

---

① 相当于 1.8 公斤。

竹造

另外，得让司机早点儿回去。老待着不走可麻烦了，可得留点儿心眼儿！

美津江

司机说接下来还有别的活呢。

竹造

（放心地）那就好。还要准备一些新毛巾。

美津江

我买回来了。

竹造

要准备好肥皂哟。

美津江

肥皂也买好了。

竹造

搓脚石呢？

美津江

买好了。

竹造

丝瓜瓤子呢？

美津江

买好了。

竹造

另外，还有男式的浴衣……

美津江

买……我这儿怎么能有这东西？

竹造

（点点头）要是男式的浴衣都准备好，传出去名声会不大好。恐怕你也知道的，离你给木下先生搓背还早了点。不管怎么说，浴衣也不用准备了，免得有人指指点点的。

美津江

爸爸，您给添些柴吧。

竹造

我知道。那么晚饭吃什么呀？

美津江

啤酒，外加小杂鱼酱。

竹造

不错嘛。

美津江

还有酱醋拌沙丁鱼。

竹造

好啊，好啊。

美津江

酱油拌什锦饭。

竹造

（舔着嘴唇）酱油拌什锦饭的作料太妙了。

美津江

油炸牛蒡片、胡萝卜丝，还有炸豆腐片儿和小杂鱼干。

竹造

太棒了。

美津江

最后是甜瓜。

竹造

（赞叹地）要是有谁邀请我来该多好啊！

美津江

（注视着竹造）……要是爸爸你也能吃，我多高兴呀。

竹造

（冷不丁地）你暑假能休息吧？

美津江

……暑假？

竹造

方才木下先生临走前不是说了么，说：“如果暑假能够休息的话，我们去岩手吧。我想在九月新学期开学前回一次老家。如果能够带美津江小姐回去，父母一定会非常高兴的。”

美津江

……要是想休息就能请下假来。

竹造

这样的话，务必一起去吧。

美津江

岩手一直是我向往的地方。那里是宫泽贤治的故乡啊。

竹造

这贤治君是个什么人啊？

美津江

他是写童话和诗的。他的书在我们图书馆可受欢迎了。我喜欢他的诗。

竹造

有些什么诗呀?

美津江

像《永别的早晨》啦,《岩手轻型铁道的一月》啦,《星空遨游之歌》啦……

竹造

噢，是《星空遨游》啊。

美津江

（高声地）“天蝎睁大红红的眼珠，巨鹫伸开翅膀，小狗的眼珠露出蓝光，光芒像蛇一样环绕……”他的诗里写了许多星座的名字呐。

竹造

我在小学的时候还写过星座的诗呢。

美津江

真的吗?

竹造

（高声地）“今天晚上夜深深，三颗星，四颗星，七颗星。数着数着就发昏，昏昏沉沉入梦乡。天上的星星亮闪闪，地下的小偷干得欢，森林……”

美津江

……!

竹造

噢，我得去看看洗澡水烧得怎么样了，下面就罢了，不说了。剩下的事就交给你了。我的诗好像后来得了个“优+”，还贴在教室的墙上了。(离开之前说)木下先生要是请你跟他去岩手就是在向你求婚呢。这些你懂得吧?“森林公公饿得慌，寺庙狸子肚子圆……”

竹造挥着吹火竹筒，从舞台的左侧走下去。

美津江目送他离开后，走下庭院，再次走到地藏头像跟前。美津江专注地看着它，不久，她拿定了主意。她脚步沉稳地走进房间，从壁橱里拿出一个大包袱皮，开始收拾行李。

这时，竹造从左侧走上舞台。

竹造

木下先生的胡子乱蓬蓬的，可得给他准备剃须刀啊。

美津江

我在家里不放剃须刀这类东西。听说有的原子弹受害者在家里用剃须刀割断脖子上的血管自尽。还有的用剃须刀割断左腕上的血管，然后泡到洗澡盆里等死。

竹造

(一直在观察美津江的神色)……你莫非是在准备行李?可那不像是放暑假去岩手旅行用的行李呀。

美津江

（点点头）我想去给堀内先生的插花课帮忙。要是一会儿就走的话，还能赶上七点零五分到宫岛的火车。

美津江整理好行李，走到矮桌边展开信纸，用铅笔写了起来。

竹造

（压制着情绪）木下先生就快回来了，我不会同意你的这个想法。把人家请来，主人怎么可以中途溜掉呢？这可是太失礼了。

美津江

我会把这封信放在门口显眼的地方，您不用担心。

竹造

好容易做的这些美味呀，难道就让它坏掉喂了苍蝇不成？

美津江

让他一个人吃掉嘛，我会在信里告诉木下先生的。

竹造

洗澡水怎么办？难道你在信中告诉他“你自己随便洗吧”？

美津江

（点点头）下面我就写……（望了一下天空想了想）“您回来后请关紧套窗，离开时锁好大门，钥匙请交给邻居保管。”最后一行是：“重要的遗物我已妥善地保管好。但是，请您忘了我吧。此致……”

竹造

你不去图书馆上班了?

美津江

……嗯。

竹造

麻烦的老病又犯了吗?

美津江

……不是!

竹造

不对,你是病了。(走到走廊)我是因为感到了你内心的澎湃,知道你对将来还没有丢掉期望,才出现在你面前,我是为此而存在的,所以我不能让你写那样的信啊!

竹造说着,抢过美津江手中的铅笔。

美津江

还给我铅笔!它对我太宝贵了。这支铅笔和昭子的那支是一套的。原子弹爆炸时,我是塞进扎腿裤里才保存下来的劫后余生的遗物啊。

竹造

你是病了呀。你觉得自己活下来对不起死去的伙伴,你活着,可是内心背负着内疚。这种焦躁不安就是病症,这种病的正式名称就叫做“愧疚病”(说着，他折断铅笔，用严厉的语气说)，我能理解你。你活下来了，今后还必须活下去。可是，你必须尽快治好你的病。

美津江

(坚定地)我觉得最愧疚的还是对爸爸您呀。

竹造

什么？……

美津江

本来，我觉得对不起昭子她们，可正是它掩盖了发自内心的对爸爸的愧疚……我是眼睁睁地丢掉爸爸自顾自地逃走了呀。

说着，奔到庭院，使出全身的力气搬起地藏头像。

美津江

当时您的脸上和地藏头像一样带着可怕的烧伤，而我却抛下您跑掉了。

竹造

你说的这些咱们从前已经彼此谈清楚了。

美津江

我也是这么想。可是，直到刚才我还是一点也记不起当时的事情。可是，也就在刚才，我一看到地藏头像，我完全回忆起来了。我是眼睁睁地抛开在地狱的火海受苦的爸爸只顾自己逃生的女儿，这样的人根本就不配过上幸福的生活……

竹造

这种理由太牵强了。

美津江

您还记得吧，爸爸。我刚一苏醒，知道自己被压在房子下面，虽然还搞不清楚是怎么回事，但知道一定是发生了重大的事情，我必须赶快逃出去。我一点一点地挪动身体，终于逃了出去。可是爸爸却怎么也动不了，您被仰面压在房子下面，头部以下被几十根横七竖八的柱子、房梁压着。我大声地喊："快救救爸爸！"可是没有人来。

竹造

整个广岛都是一样的。

美津江

没有锯，也没有斧子和木槌。用木头撬也撬不起来，我就用手扒呀扒，怎么也扒不出来啊。

竹造

你是拼尽全力了。

美津江

这时，我闻到一股焦糊的气味。原来我的头发、眉毛都烧着了……

竹造

你好几次用身体护着我，扑灭我身上的火……谢谢你孩子。可是这样下去，我们谁也活不了。这怎么行！我就喊：“快逃呀！”你说：“不行！”就是不离开我。“快跑！不行！”推脱了好长一段时间。

美津江

爸爸最后说：“那我们猜拳决定吧。”还说：“我出布，一定会赢你的。”

竹造

“石头、剪子、布！刀子、剪子、锤锤锤！”（出“布”）

美津江

（一边出布，一边说）还是老一套。

竹造

锤、锤、锤！（出布）

美津江

（布）露馅了。

竹造

锤、锤、锤！（布）

美津江

（布）和小时候一样的把戏。

竹造

锤、锤、锤！（布）

美津江

（布）你就是用这样的方法让我赢的。

竹造

锤、锤、锤！（布）

美津江

（布）您太善良了，爸爸……

竹造

（恼怒地）还不出刀子？！你快赢我呀！快跑吧！你还不明白吗？真不听话！要是孝敬我，你就快跑，（心如刀绞地）就算你最后一次孝敬爸爸了，拜托了——你要是再不走，我就死在你面前。

短暂的沉默。

竹造

……就这样决定了，明白吗？你活下去，我去死，这是我们俩说定了的。

美津江

可是，这是我见死不救。我要和爸爸死在一起。

竹造

（又一次恼怒地）你这傻瓜。

美津江

……

竹造

这样做太愚蠢了。上了女专，难道白学了不成？

美津江

可是……

竹造

（不由分说地）听话呀。当时，你痛哭不止地说："太残忍了，我受不了了，我不能这样离开您。"……你还记得吧？

美津江

（点点头）……

竹造

我答应你。下辈子我们不会再这么诀别了，太苦了。

美津江

（点点头）……

竹造

我最觉得欣慰的，就是你听到了我最后的那句话："你要活下去。把我没活到头的那段替我活下去啊——"

美津江

（使劲点头）……

竹造

可以说你也是在为我活着。

美津江

我在为你活着？

竹造

是呀。为了让后人牢记曾经有成千上万的人惨遭了那样的生离死别而活下去。你工作的图书馆不也是在这样告诉人们的吗？

美津江

哦？

竹造

你的工作难道不就是要告诉人们过去的悲欢离合吗？你要是连这都不明白，就愚蠢透顶了，我也不指望你了，还是让别人替你做这个工作的好。

美津江

让别人替我？

竹造

我的孙子、重孙子。

短暂的沉默后，美津江缓缓地走进厨房，紧紧握住菜刀。她看了看竹造，然后拿起牛蒡，开始削牛蒡片。一会儿，她停手了。

美津江

您下次什么时候再来啊？

竹造

那就看你了。

美津江

（脸上露出久违的笑容）这段时间，我是不会再见你的。

竹造

……

这时，远处传来三轮货车的声音。

竹造

不好，忘添柴火了。

竹造急急忙忙地走向舞台左侧。美津江面向他的背影。

美津江

爸爸，谢谢您。

三轮货车的声音渐近。大幕迅速落下。

《和爸爸在一起》译后记

2003年岁末，反战题材的话剧《樱花依旧》来京公演，主办方日本“话剧人”社的事务局长菱沼彬晁先生邀我到首都剧院小剧场观赏。演出完毕，他交我一册精装的日文原作《和爸爸在一起》，嘱我研读，并且希望我考虑翻译这部作品，以呼应不久后此剧来华公演。

我对《和爸爸在一起》的作者井上厦先生并不陌生，因为他的大名在日本戏剧界如雷贯耳、声望卓著。此前我随中国作家代表团访问日本，就见到过身为日本笔会俱乐部会长的井上厦先生，其后，在韩国举办的中韩日东亚文学论坛等场合，我多次聆听他的演讲，他对鲁迅的推崇备至、他老式圆框眼镜背后的亲和目光，以及平和、悠然的独到腔调深深地印刻在我的记忆之中。

《和爸爸在一起》是井上厦先生发表于1994年《新潮》杂志（单行本1998年由新潮社出版）的话剧剧本，于当年由小松座剧团首演，并曾在俄罗斯、法国等国上演。2004年7月该剧又被搬上银幕，由著名导演黑木和雄执导，主人公福吉美津江由日本实力派影星宫泽理惠出演。该剧讲述主人公美津江在广岛惨剧的三年之后，始终无法摆脱原子弹爆炸的阴影——相依为命的爸爸、亲密的朋友、伙伴、同事的惨死令她愧疚不已。爸爸化作“灵魂”陪伴在她的身边，安慰、鼓励、照顾她。面对有志于收集原子弹爆炸材料、揭露美军暴行的青年教师木下的爱慕，她十分痛苦，高喊“我是不能爱别人的……”。

剧中人物设置简单，仅靠三个角色——美津江、爸爸、木下——敷衍成篇，回述、铺陈，巧妙构架、生动凝练。剧中的对白用广岛地方方言，更显得平实、质朴。

关于广岛和那场战争，日本人和中国人或许有着不同的“记忆”。广岛那可怕的一瞬，令十四万生灵灰飞烟灭，它留给日本人的是永久的伤痛，也是战争留给人类的一大惨剧。那场战争对于中国，又何止是十四万亡灵呢？它是三光、无人区、活体实验、杀人竞赛，是饿殍千里，是屠城血泪。东亚的两大民族原本一衣带水、比邻而居，双方有着长达两千年的交通往来，曾经在平等的交往中促进了各自国家的进步和发展。十九世纪中期，面对西方势力的东侵，中国仍然沉浸在大清的泱泱大国的睡梦中，而日本自1868年明治维新后，国力日渐强盛，最终走向对外扩张和侵略的道路。从甲午战争到抗战胜利，中日两国处在战争的极端事态虽然仅仅数十年，但对中国人而言无疑是惨烈的、民族的灾难。井上厦先生在与大江健三郎先生的一次对谈中曾说：“只要我们的代表真心实意、痛痛快快地说出‘我们错了’这样的话来，问题就能得到解决。为什么痛痛快快地谢罪如此重要呢？因为只有这样做了，才能超越自己，从而向前迈进。”在这次对谈中我也读到这样的一段话：“‘为什么杀死我的孩子？’这是一种强烈的受害者意识。这样的意识在广岛、长崎也可以说是很强烈的。”广岛、长崎我是去过的，我想说：这种意识中一定要包含广岛、长崎悲剧的原因！人类应该如何避免战争，特别是灭绝人性的核武器、生物武器的现代战争？回望历史，是要记住惨烈而沉痛的教训，而不是挑动民族间的仇恨。

为了人类的未来，也为了中日两国人民的真正友好，作为这场战争的受害方和加害方都应该做出深入的反思、深刻的反省，都应该问一问这到底是为什么……而戏剧或许是从人性的高度反思战争的开始吧。

最后，我要特别感谢菱沼彬晁先生，在翻译此剧中的广岛方言上，菱昭先生给予了译者许多细致的帮助。

李锦琦

2016 年 12 月 30 日

上海月亮

张立波 译

鲁迅在上海的九年，一直过着地下潜伏生活，他用一支笔作为战斗武器抨击着国民党政府，每当蒋介石的国民党政府的军警来镇压时，他就隐藏得更加隐蔽。据鲁迅日记记载，他前后有多达四次的避难经历（1930、1931、1932、1934年）。这个剧本将鲁迅的四次避难经历总括为了一次。因此难免有一些偏离事实的地方。但是正因如此，这个剧本或能更真实、更鲜明地反映鲁迅的生活。

时　　间　1934年（昭和九年）8月23日至9月16日，约一个月的时间。

地　　点　上海市北四川路（今四川北路）尽头 内山书店二层仓库。

出场人物　鲁迅（53岁）
许广平（36岁）
内山完造（49岁）
内山美喜（41岁）
须藤五百三（50岁）
奥田爱三（39岁）

第一幕

序幕

在六束灯光中，六个演员依次读着鲁迅的信件。

一

我写六种文体的文章。第一，口语体的小说和翻译。其次是古体诗。然后是杂文。另外是作为中国小说史的研究者的研究论文。再就是日记，还有信。写起来最感到心情舒畅的无疑是信。一天至少写三封吧。如果把我花的邮票钱都攒起来的话，大概可以在上海买一个小一点儿的独门独院了。

二

我的信，也就是鲁迅的信得马上烧掉。蒋介石领导的国民党政府，不光是我，连保存我的书信的人，也要逮。已经给我发了逮捕令。据传我的头悬赏金为三万元。所以，有我的信的人比藏有炸弹更危险。

三

如果问我喜欢什么，那当然是一到九月上海满街都是的上海蟹，特别是满肚子黄的雌蟹，无与伦比。虽喜欢，一吃准肚子疼，特绝。不，其实我最喜欢的是月亮。有月亮的晚上，把工作室的灯熄灭，沐浴着从窗户照进来的蓝色月光，我可以就这样静静地一直坐下去。另外月光下上海街道的宁静也很绝妙，就像清澈的河底一样的街道，一切脏的、丑的东西全部消失了。好像只剩下好的、美的东西一样。

四

我被诺贝尔奖评选委员会评为诺贝尔文学奖候选人。于是有人来信问我是否有得奖的想法。的确，我接到了那样的信。世界上有很多比我有灵感的作家还没有得奖。比如，我翻译过的荷兰作家望·蔼覃的长篇童话《小约翰》。我是绝对写不出这么优美的作品的。然而这部童话的作者蔼覃还没得奖，我有什么资格得奖呢？

五

身体凑合维持着呢，到处都不好，五年前死掉也不足为奇。但是一坐在桌子前，拿起一支五分钱的笔，奇怪的是就哪儿也不疼了。三十年来养成的习惯真是不可思议。

六

下面回答一下，我没有阻止你提出的“想在日本演一部鲁迅先生半生的话剧”的权利和义务。请便吧。另外，在你的信中写道：“准确地说，只用汉语的场面，应该用汉语写剧本。汉语和日语都用的场面，就应该用汉语和日语来写剧本。但是一般的日本人不懂汉语。写剧本的我，也不懂汉语。到底怎么办呢？”自己想怎么办就怎么办吧。如果日本人写剧本，日本人演角色，日本人看，从头到尾，就只能用日语了。

下面的“七”的信，由演鲁迅的演员来念。

七

在北京的母亲大人。好久不见了。我想您一定在担心我的安全。正好一个月前的一个傍晚，有三个学生模样的人跟踪我，我感到危险了。走到半路的时候，我甩掉了他们。后来回到大陆新村的家，妻广平告诉我，我们家一带，一伙儿眼光凶狠的人在转游。蒋介石的手下们，国民党政府的特务机关的一伙开始行动了。于是我就和往常一样，去内山书店避难了。内山书店离我家很近，溜达着走要不了五分钟。

对着扮演鲁迅的演员的聚光灯灭了，换成了照亮整个舞台的灯。

一　心律不齐

北四川路最顶头的内山书店二楼的仓库。正面是镶着透明玻璃的窗户。对着窗户的是走廊，走廊对面又是一个带玻璃的窗户，这扇窗户临着街道。现在正值满月的前一天，月亮几乎是个正圆，月光透过玻璃窗洒满了房间，仓库的左右两边都钉着架子，架子上整齐地摆满了各种用纸包好的书籍和已把捆包拆开了的书，这些书已被整齐地摆放在架子上了。另外还有人体骨骼模型和头盖骨模型，不禁让人觉得这儿是过几天交货的哪个医学学校的仓库。

仓库中央是一张正方形桌子和几把椅子。左手边的架子前是一张单人床。右手边的架子前是一张小桌子，在正门的玻璃窗的左右两边，各有一扇通往走廊的拉门。

另外从屋顶上垂吊下来的电灯悬在空中。

接着序言部分，传来扮演鲁迅的演员“七”朗读书信的声音。

七

……上海的中心，母亲您可能也听说过，是高楼鳞次栉比的外国租界区。从外国租界出来直着向北有一条街，它是这一片儿最繁华的街，叫北四川路。沿着北四川路，两边都是日本人的住地。内山书店正好位于北四川路的最尽头，上海有轨电车一号线的终点站的斜对面。地势非常好。生意自然也很好，日本人和中国人的店员加起来就有十多名。

临街左手边的有轨电车叮叮地响着铃。电车将要驶向外国租界区。

七

其实，内山书店生意红火并不是只凭着地势优势。店主叫内山完造……

完造抱着一台当时最新型的电风扇，拉开右边的拉门走了出来。然后，把电插销往插座儿里一插，通了电，放在一个角度合适的位子，试了试风力。完造下身穿着裤子，上身穿了一件半截袖的开襟式衬衫。腰上缠着一个纯毛的围腰子。

七

仰慕完造的人品而来的客人不少。不用说我就是其中一个。完造的性格用一句话说就是“单纯”罢。不知道的人以为他是个傻子。不管说什么，完造的经营方针只有一句话，就是“不论是日本人，还是中国人，只要是读书人，就应该没有坏人”。所以，顾客来了随便翻、读，他从来不说。不仅如此，还给站着看书的人提供凳子，倒上茶。从一开始就没有想过怎样提防扒手。钱带得不够的可以赊账，把书先拿走。就连赊上几百日元完造也不会变脸……在旁人看来的确会觉得完造是个傻子。然而，顾客这么一被信任，就会拼命地回报。顾客看书的时候会小心翼翼地翻页，也不会有偷书的想法了，并且一有钱就会把别的事儿搁一边儿，先把欠书店的钱还上——这样一来，久而久之内山书店就成了上海首屈一指的大书店。然而，完造也是人，他也有缺点。比如：对他人的意思总是领会得一知半解，所以就会有毛毛糙糙的时候。提起这话，就没完了。

正准备从右手边儿的门出来的完造，被自己插上的电线给绊了一跤。完造爬起来，拍了拍身上的灰。一脸不知道为什么摔倒的表情。歪着脖子，出去了。

七

然而，真正支撑着内山书店的是完造的夫人，她叫美喜。内山书店的常客，没人不知道她的。

与完造好像换班似的美喜从左手边儿的门进来，她双手抱着一套夏天用的睡具。美喜开始收拾床铺。她身穿一件夏季的和服。

七

开内山书店这一想法源于美喜夫人。据说当时，完造是“大学眼药”的上海地区扩大销售点的推销员。经常出门儿。这样一来，美喜一个人在家，就很闲。她就把家里的书拿出来摆在门口，无偿地借给大家看，久而久之，“夫人，有这样一本书，我想看，能不能从日本帮我买一下”这样的要求就越来越多了。就这样不知从什么时候开始就开了一个书店——夫人从来没提起过她自己的身世，可完造有时会偷偷地跟大家说，为了解救家里的生计，她把自己和妹妹卖给了京都的烟花柳行祇园作了舞伎。所谓舞妓就是少女（年轻小姑娘）艺伎。

正要从左手拉门儿出去的夫人美喜，不知为什么，走起了舞伎的步子。就在这时，抱着收音机和一个大烟灰缸的完造从右手拉门儿进来了，他看见了这一幕，吃惊地直摇脑袋。美喜迅速换回平常的步子。

美喜

怎么了？

完造

……没，没什么？只是眼花了一下。

美喜

真的，没事儿？

完造

（一边点头）眼睛产生了错觉。

美喜

如果是这样，那就好。（知道了……）啊！有个小事情！（脸转向大街）在施高塔路晚上叫卖的馄饨店……

完造

每天咱家店前总有那么一两个摊子。像大街上的那个给人理发的张老头，卖酸梅汤的陈老头，给人看牙的高大夫，另外还有夜晚叫卖馄饨的王大爷，他们都指望着咱们的顾客呢。

美喜

老头子，你看，那个卖馄饨的以前怎么没见过，而且他怎么不好好卖馄饨，一直往咱们书店瞧。

完造

……啊，是国民党特务。

完造一边观察大街的动静一边向窗户走去。美喜也往窗户走去，和完造并肩看着大街上的迹象。这时传来读书信的“七”的声音。

七

两人是在京都的教会认识的。完造当时不停地换工作，正处于人生的彷徨期，美喜呢，也因妹妹得病而死失去了希望。他们不约而同地同时敲开了教会的大门，就这样走到了一起。

完造把窗户完全打开，喊起来。

完造

喂，卖馄饨的师傅，您是新来的吧。这么热，不会有客人来的，上来吧，这儿有电风扇，来凉快凉快吧。

美喜

对，请上来吧，还有冰乌龙茶哦。

那个可疑的卖馄饨的，好像从北四川路向南逃去。这一幕被完造夫妇看在眼里。他们俩穿过左边拉门，返回原处。这时“七”又开始读信。

七

也许是因为他们俩是在这样的情况下走到一起的，所以两人的关系好得让人羡慕，从来没吵过架，是一对名副其实的模范夫妻。

就在这时从远处传来几声枪响声。完造夫妇顿时惊呆了。

完造

美喜，快让谁去把鲁迅先生找来，让他们从后门悄悄地进来。

美喜

已经叫人去了。我刚才就想还是小心为妙，就让徐波会计去了。

完造

小心加小心，我们再派一个人去，这回派一个能够挡住鲁迅先生的人，以防他中枪。

美喜

我已经跟徐波交代了，让他等着鲁迅先生收拾好东西，然后掩护鲁迅先生，从后门进来。

完造

另外要为先生请一位大夫，你还记得那个老到咱们店来买书的人吗？他可以给鲁迅先生看病的哦。就是，十六年前的伤寒大流行时，失去夫人和千金的……

美喜

你是说须藤医生吗？我已经和他联系好了。

完造

那就好，那就好。那赶快叫人关店，然后把铁门也关上。

美喜

我已经吩咐下去了，和平常一样营业到九点。我想如果和平常不一样，反倒引起别人的怀疑……

完造

那好，还照常开门营业吧。

美喜

知道了。

完造

另外，家住得远的店员，让他们今天晚上住在最顶层，你已经告诉他们了吧。

美喜

对，已经说了。

完造

想必，你连给大家睡前喝的小酒也派人买好了吧。

美喜

（为了给完造面子，美喜故意说）这个我还真没想到。好主意。

完造

不用大声嚷嚷。

美喜

大家一定会很高兴的。

须藤

我看见逮到了一个大人物。(嘴里学着枪声)啷，啷啷。

从左边儿的门，进来了一个叫须藤五百三的医生。他头发已白了一半，身穿很旧的麻料质地的西装，外面罩着一件医生穿的白大褂。手提一个出诊用的大急诊箱。

完造

来了，须藤医生。

美喜

在您百忙之中给您添麻烦了，实在抱歉。

须藤

(还礼)就在那边，有轨电车一号线的终点。从电车上下来的一个工人模样的中国人，突然被停在附近的黑色车里的人射中了腿。我想给他治疗一下，就跑过去了，突然这时从那辆车里冲出两个男的，把抱着腿呻吟的工人拽进了车里，猛一发车，从北四川路朝南开走了。这一切都发生在一瞬间。

完造

……是国民党特务干的吧。

须藤

（点点头）被打中腿的可能是工厂罢工的领导人。听说你们给我打电话了。

美喜

对，我打电话时，不巧您刚去出诊。

须藤

我从外边给医院打了个电话，医院说夫人刚才打来电话了，所以我就直接来了。（须藤说着马上就用左手把完造的下巴微微抬起，并对完造说）啊……

完造

（不自觉地就把嘴张开了）啊……

须藤掏出笔式电筒，就要检查完造的口腔。

美喜

错了，须藤大夫，病人不是我们家掌柜的。

完造

就是，您要对这个一直以从没看过病而自豪的人干什么呀？

须藤

你脸色不好。我以为你得了热伤风，扁桃体发炎了什么的。

完造

如果说我脸色不好，那是因为我有心事。

须藤

去年我开医院之前，做了很长时间军医，所以外科和内科都干过，还看过五官和性病。甚至连白癖病都治过。唯一没有看过的就是神经科。所以，完造先生为什么会有担心的事儿我也不清楚。

完造

你是说我不该有担心事儿?

须藤

我可没说那样的话……

美喜

须藤医生，想让您给看一下的病人是鲁迅先生。

须藤

鲁迅先生?

完造

是的。

须藤

我须藤五百三帮鲁迅先生……我没听错吧？

美喜

鲁迅先生马上就到我们这儿了。

完造

从今天下午开始国民党特务们就瞪大眼睛（一个个好像变成警犬一样，在到处嗅）四处张望，于是我们就劝鲁迅先生到我们这儿来避一避。

美喜

我们打算让他夫人广平和儿子海婴住在一楼的最里边的房间，鲁迅先生则住在二楼的仓库。

完造

鲁迅先生好像挺喜欢这儿。另外万一发生（有）什么紧急情况，房子左右两边都可以跑。

须藤

鲁迅先生正身处险境啊，真让人担心啊。

美喜

不过我们希望能让鲁迅先生因祸得福。所以想请您趁这次他来这儿避难之际把他那像破布一样的身体给调理一下。

完造

须藤医生请助我们一臂之力。（麻烦您了。）

须藤闭着眼睛沉思了一阵，过了一会儿猛然睁开眼睛，说话了。

须藤

在你们这个书店里，好几次从远处看到鲁迅先生，每次都想上前跟鲁迅先生说一声：“我非常喜欢您的作品。”但是每次又觉得这样说会不会让人觉得自己在装模作样，也不好意思，而且也怕给鲁迅先生添麻烦。所以最终还是没有付之于行。然而今天我多年来的夙愿即将实现，真得好好感谢你们。感谢你们给我这次能为鲁迅先生尽一份薄力的机会。我感到非常骄傲和自豪。我会全力以赴的。

（这时的）完造和美喜仿佛得到了一种安慰。与此同时须藤像弹簧一样突然站起来，一边来回踱着步一边说道。

须藤

把床移到中间来。这样检查、治疗都会很方便。两个门口都放上装有消毒水的脸盆。这儿（客席的位子）放氧气瓶和笑气瓶。（右边的架子上）手术刀、钳子、镊子、药品。（他看了一下屏障后面，从那儿拿出了一个马桶）马桶一个不够。请准备两个，一个小便用，另一个大便用。检查排泄物很重要。（返回到完造夫妇身边）室内最好用明亮的奶油色漆涂一下。让护士也住到这儿来。屋顶的房子能腾出来吗？

美喜

那可不行。

须藤

不行？什么不行？

美喜

您现在说的所有的事儿。

须藤

我不太明白……

完造

如果让鲁迅先生知道您是医生的话就完了。……失礼了。（说着就开始扒须藤医生身上的白大褂儿）这白大褂儿让鲁迅先生看见的话，他转身就会回家。

完造把白大褂儿和卫生箱放在了右手架子的最底层。

美喜

鲁迅先生讨厌医生给他看病。

完造

我刚才说我的担心事儿就是这个。

须藤

这就奇怪了。先生可以说跟我们是同行，中途他转攻文学。先生最初的理想是当一名医生，认为日本明治时期开始的近代化是由江户后半期的学习荷兰医学的医生们引领的。杉田玄白等学习荷兰医学的医生们把西方对事物的看法和医学知识一同引进日本来的。

日本后来就成功地运用西方的对事物的认识、观察问题的方法甩掉了旧帽子。鲁迅也想通过学医来学习西方看问题的方法。中国总是甩不掉旧帽子，为此他自己想成为一个导入西方思想的先行者。先生因为有这样的想法，于是在二十三岁那年的秋天，在仙台的医学专门学校开始了为期一年半的学医生涯。这是作为一名鲁迅崇拜者的起码的常识。作为一个曾经一度想当医生的人是绝不会有理由讨厌医生的。

完造

　　您知道鲁迅先生喜欢去法国租界的万云楼螃蟹店吗？

须藤

　　没人不喜欢去吧。那儿的螃蟹是上海最有名的。

完造

　　可是从去年秋天开始鲁迅先生再不去万云楼了。

须藤

　　嚯……

完造

　　原因是在万云楼旁边新建了一家医院。

须藤

　　真有这事儿啊？

美喜

真的。只是因为旁边建了一家医院就不再去了。鲁迅先生怕医生都怕到这种程度了。

须藤

怎么会这样啊。

完造

进我们店后左手的书架，从门口到里边依次摆放着文学、宗教、兴趣爱好类的其他图书。

须藤

兴趣爱好类的书的旁边就是医学类的书。

完造

问题就出在这个医学书的地方。到现在鲁迅先生从来没有在这些医学书的书架前停下来看一看。

美喜

不仅如此，先生走过那个书架的时候一定把头扭向一边。

完造

如果给鲁迅先生讨厌的东西排个顺序的话，一是一般给人看病的医生。二是牙科大夫。三、四没有。五是蒋介石领导的国民党。总之，他鲁迅先生是一个异常讨厌医生的人。真的是千讨万厌！要是知道须藤先生是医生的话，他肯定会扭头就逃出这个书店，这一出去说不定正好碰上蹲守的国民党特务机关的人，落入他们的手里。

须藤

（生气）那你们到底想让我怎么办？难不成让我变成透明人吗？

完造

（不由自主地）您真能变成透明人啊？

须藤

变不成。

美喜

您扮成一个喜欢读他的书的人怎么样？

须藤

那我早已经是了，不用扮。

美喜

鲁迅先生不认识您。我们就说您太喜欢先生的作品了，不远万里从日本到上海来想见见鲁迅先生，作为一个喜爱鲁迅先生文学作品的人引荐给他。

完造

对，这样的话，您每天来这儿，也不会让他感到不自然了。

须藤

身份、职业怎么跟他说啊。对患者有时没办法，必须隐瞒身份。但是除此以外的情况，我可不能听你们的，干这种对患者无端隐瞒不负责任的事。

美喜

我觉得因为你们是在我们书店认识的，所以先生他不会怀疑您的身份、职业什么的。只要自始至终都说您是他作品的爱好者就行了。

须藤

万一被问的话怎么办？

完造

如果被问，我来说，您听我的。

须藤

可是……

这时候，身穿细格子图案半截袖长衫的许广平从左手边的拉门进来了。

广平

美喜夫人。

美喜

（迎上去，握手）来了啊，欢迎，欢迎。

广平

先生怎么说他都不肯动身。

美喜

为什么?

广平

先生说决不能屈服于在背地里搞暗杀的刽子手们,你越怕他们,他们就会变得更加猖獗。他固执地怎么说也不肯离开他的书桌。

鲁迅

可惜,结果还是没拗过广平和徐波,被他们从家硬拽来了。

从左边的拉门进来的鲁迅身穿乳白色长衫,脚穿一双板儿式老头布鞋。手提一个包袱,里面装着笔和几本书。完造迎上去让他在椅子上坐下。

完造

我们一直在等您呢。

鲁迅

麻烦你们了。

完造

哪里,哪里。我们都希望你常住。住到临终也没关系。

鲁迅

要是我再重一点儿,也不至于让他们这么简单地就拽来了。

须藤

（不由得走上前去）那您现在多少斤？

鲁迅

九十斤。

须藤

太瘦了，瘦得太吓人了！

鲁迅

你是？

须藤

初次见面，我叫须藤。

须藤分别向鲁迅、广平行礼，鲁迅和广平也向须藤行礼。

鲁迅

您打哪儿来，须藤先生？

须藤

我是旁边的……（心想：完蛋了，说漏嘴了）

完造

（马上接过话儿）他是从旁边的日本来的，他是先生您作品的狂热爱好者。

鲁迅

日本在旁边吗?

须藤

嗯嗯……

完造

从长崎到这儿一个晚上。先生您当年作为清国的国费留学生去日本时,是不是很辛苦?花了很长时间才到的吧?是不是花了半年?

鲁迅

怎么长也不会花半年啊!(鲁迅先生终于上勾了)第一次去和最后一次回来,另外加上中途回来过两次。留学日本八年,来回算在一起一共六次,都是坐船,从没有花过半个月以上。从上海到横滨一般用十天或十一天。

完造

可是现在从长崎到上海只要一天。说日本就在旁边也可以吧。

鲁迅

嗯,可以吧。(转向须藤)您读过我写的书,非常感谢。

须藤

(伸手与鲁迅握手)我是个无拘无束的单身。以后经常来这儿和您见面可以吗?

鲁迅

（也伸手与须藤握手）好啊。托国民党的福，我现在有很多时间。

须藤

我不是在做梦吧。感慨万分。（很激动）

须藤不仅不放握住的鲁迅的手，而且还轻轻地把左手搭过来，用左手手指尖儿给鲁迅号着脉。这时，美喜把广平拉到靠床的位置，悄悄地告诉她须藤的身份和来此的目的。

鲁迅

……您为什么不放手啊？

美喜

须藤先生一定激动得忘了。

须藤

（松手）对不起，实在太失礼了。

美喜

噢，对了，现在我给你们沏鲁迅先生喜欢喝的日本宇治的玉露茶吧。

美喜从左手边的门儿出去了。鲁迅，忽然注意到人体骨骼模型。

鲁迅

久违了。头盖骨、锁骨、肩胛骨……

完造

是那边儿（指向观众席左边中间的门方向）的日本高等女子学校送来的，让我们帮她们修理这些人体骨骼模型。

鲁迅

哎哎，现在的女学生们也时新别致了，开始学起这些啦。胸骨、第十二节肋骨……

须藤把完造拉到广平旁边。

须藤

我趁握手的时候给先生号了一下脉。动脉硬化还没有。可是……（对着广平）咚，咚，咚，咚，咚咚，咚。

广平

咚咚，咚……？

须藤

先生的脉是左右交替着跳得很快。是心率不齐的表现。

广平

（屏住呼吸）……

须藤

我一给你们信号，你们就打哈欠。（制止住）别问理由。

鲁迅

……大腿骨、胫骨、足根骨，我写过一个小说，讲的是在仙台医学专门学校教过我骨骼学和解剖学的藤野严九郎先生的故事。

鲁迅回到房子中央。

须藤

作品的名字叫《藤野先生》对吧。我读过。

鲁迅

……谢谢。藤野先生他从不讲究穿着，总是穿得破破烂烂的，而且把头盖骨模型夹在胳肢窝里走路。于是经常遭到巡警的盘问。

鲁迅有意识地尽量与须藤保持距离坐下。其他三人也分别坐下。

须藤

为什么要抱着头盖骨呢？

鲁迅

他的专业是研究头盖骨的。

须藤

原来如此。

鲁迅

课开始一个星期左右的时候，藤野先生问我："我在课堂上讲的东西你能记下来吗？""能记下来一些。"我回答。他说："把你的笔记拿过来让我看看。”两三天后，当我打开还回来的笔记时，吃了一惊。先生用红笔将我的笔记详细且工整地批改了。不仅帮我添补了漏记的地方，而且还详细地订正了我的文法错误。而且不光是我的解剖学笔记，藤野先生讲的骨骼学、血管学还有神经学的笔记也同样帮我改了。就这样一直持续到课上完的时候。

鲁迅想起了当时的情景，很激动地闭上了眼睛。须藤正要暗示广平打哈欠的当会儿，鲁迅忽然站起来了。

鲁迅

的确，西欧人的思维很先进。我也曾经憧憬过。

须藤

这么说，您现在看法变了？

鲁迅

（点点头）我发现西欧人的思维并非完全正确，比如西欧人的兽性，您知道吗？

须藤

您是说西欧人的残忍吗？

鲁迅

对，西欧人不是也控制不了他们自己的残忍的本性吗？中国被欧洲列强瓜分成了目不忍睹的半殖民地状态。强行在别人的土地上进行殖民统治，这不正是西欧人的残忍性的最好体现吗？当然东洋人也残忍。但是和西欧人的残忍有本质区别。西欧人的残忍是受进化论的优胜劣汰的支配。就是说好的东西，取得胜利者留下，坏的东西，失败者淘汰、灭亡。这是以正义为说辞的，情义和宽容都丧失了的残忍。

须藤

原来如此，您的看法我明白了一点。

鲁迅

（犀利地）日本也从西欧学到了这种残忍。

广平

……先生。

鲁迅

还有呢，广平君。日本人做出一副被惹怒的样子。我作为一个作家虽势单力薄，但用我的笔杆子抨击日本应该从中国出去。这事却惹怒了蒋介石和其国民政府。因为国民党想尽量不提抗日的事儿。他们想在与日本的战争打响之前先把国内的共产党消灭掉。所以像我这样主张反日、排日、抗日的人很碍他们的眼。

鲁迅把包袱打开，拿出夹着藤野严九郎相片的相框。

鲁迅

我虽主张反日但在有些方面还是信任日本人的。像藤野先生这样的人就可以相信，他是一个。（看一下完造）两个，（看须藤）三个。看这三个人就能说明日本人是可以信任的。

须藤暗示，三人开始打哈欠。

鲁迅

我的话这么没意思吗？

须藤

不是的，只是忽然感到累了。（打哈欠）

完造

总之春困，秋乏，夏打盹，睡不醒的冬三月……（打哈欠）

广平

我觉得我也许不应该不睡午觉。（打哈欠）

鲁迅

你们实在太失体面了……

鲁迅也被传染，连打哈欠。正等着的须藤迅速向鲁迅的口中看去，小声对广平、完造二人说道。

须藤

虫牙很厉害。

然后又看过去，又对二人说。

须藤

消化系统很不好。

完造

都能知道消化系统啊?

须藤

舌苔很黄，所以一看就知道消化系统不好。

还想再看一下先生的口腔，鲁迅的哈欠停了。须藤愣在那儿，不知所措。

鲁迅

你干什么呢?

须藤

(被话噎住，支吾着)……我也不知怎的!(对着完造)快救救我，是你出的主意。

完造

你突然问我……(对着广平)怎么办?

广平

告诉先生实话吧。须藤先生其实是位医生。

这下，鲁迅身体僵住了。

广平

趁在这儿避难期间，为了儿子，也为了我，好好地把病治治吧……

须藤

我将全力以赴。请把这个任务交给我吧。

广平

最重要的是为了您的工作。

鲁迅

不行。

广平

……您！

鲁迅

我拒绝一切检查和治疗。

就在这时，楼下传来响声。美喜跑进来，手里拿着一个空盘。

美喜

国民党特务来了。徐波正应付着他们呢。

完造

（过去抱住鲁迅。）

完造

先生，快上楼顶去！（一边拽起鲁迅）一旦出现紧急情况，就马上到楼顶去。

美喜

（对着鲁迅）海婴交给我。

广平走向左手的拉门。鲁迅被完造拽着走向右手的拉门。快走出门时，鲁迅说了一句。

鲁迅

我拒绝任何医生给我治疗。须藤医生您听清了吧。

须藤

（支吾着）嗯。看起来先生这不是一般地讨厌医生。一定有什么原因……

正要跨出左手门的美喜转过身。

美喜

嗯？

须藤

我也得跟鲁迅斗一下法。等大家都上来后，好好地问一下他，看来得花不少功夫了。

须藤在左手门边的椅子上一屁股坐了下来。美喜表示同意地点点头，然后小跑着出去了。慢慢舞台变黑。

二　牙疼

第二天的下午七点。收音机里播放着新闻。

收音机里传来男播音员的声音：现在为大家播放上海商业电台新闻。从昨天下午到今天清晨，在上海各地共逮捕了五十名反政府运动的积极分子。国民政府的基本方针是“眼下最要紧的是铲除中华民国内的一切共党分子，使国内达到完全统一。其次是讨伐外国势力”。这次逮捕的都是主张所谓“国民政府联合共产党军队，抵抗帝国主义侵略”的反动分子。这与政府的方针背道而驰。

灯亮了，鲁迅正端坐在椅子上。一个名叫奥田爱三、字杏花的牙科医生正在图纸上画着鲁迅的肖像画。新闻继续播着。

国民党政府的军警和军队特殊部队共同发表声明说，这次逮捕的多半是煽动工厂罢工者和学生，其中还包括数名作家。但没有公布被逮捕者的名单。据本台的调查，被逮捕者当中有作家洛文、敬一尊，另外还有大和纺织上海工厂工人伍孝通……

当听到“作家洛文”时，鲁迅似乎要把收音机抱起来一样，赶忙跑到收音机旁，痛苦地关上了收音机。奥田担心地看着鲁迅。

奥田

今天就到这儿吧。

鲁迅

好。(鲁迅点着头仿佛突然意识到了什么)不,继续画吧。

奥田

您不要紧吗?

鲁迅

这也是我的工作。

鲁迅又稳稳地坐到了椅子上。奥田点头表示敬意后又开始画起来了。

奥田

您喜欢吃什么?

鲁迅

奶糖、糖稀、饼干。还经常吃果酱。累的时候最喜欢吃果酱。

奥田

都是对牙不好的东西啊。

鲁迅

啊?

奥田

您还爱吃什么？

鲁迅

大概因为在日本呆了八年的原因，日本点心很喜欢吃。红豆馅儿糯米点心叫什么来着……对，叫大福饼。对，我最喜欢吃的是甜纳豆……。

奥田

都是粘牙的东西。您的虫牙的罪魁祸首就是它们。

鲁迅

（追问）我的牙怎么啦？

奥田

噢，是这样的，作为肖像画家，我对模特儿的身体的每个部分都感兴趣。

就在这之前完造和须藤进来了。鲁迅看见须藤，马上把身体转向一边。

完造

海婴拉肚子啦，所以叫须藤医生过来了。

鲁迅

我不需要医生。我肚子疼时，拉出桌子的抽屉，用抽屉角使劲抵住肚子。这样肚子的疼痛就减轻了。我老肚子疼的原因我自己也知道。那时仙台的冬天很冷，可是我因为买书花得太多而没钱买大衣了。这样就靠吃辣椒来让身体暖和。

完造

现在上海拉车的车夫冬天也吃辣椒御寒。和先生的办法一样吧。

鲁迅

（点头）辣椒是中国人冬天的暖炉。寒夜里吃上一根辣子就会出很多汗。我就是"炉子"吃得太多了，胃吃坏了。就是这么回事儿。我头疼的时候，就靠读好文章来排遣。牙疼时就用冰来镇痛。

奥田继续画素描，须藤一直在旁边观察鲁迅。

鲁迅

我在仙台学医时可是下了一番功夫的，所以现在我对自己的身体很了解。凭我的医学知识是不需要医生的。

须藤

（坦率地）现在比起您的身体我对您的思想更感兴趣。

鲁迅

……思想？

须藤

您为什么不让医生给您看病，拒绝医生，您的心里有什么结？您这么执意不看医生一定有什么原因。先生您的心里一定隐藏着什么秘密。

鲁迅

（想了一下）我是作家。我当然要不停地窥视我的内心世界，以此来寻找作为写作的材料。我不相信我的心里还隐藏着什么不可告人的秘密。

须藤

（进一步问道）您是什么时候开始不愿接近医生的？

鲁迅

（没有回答须藤的问题）如果可能的话，我真想把我的心给须藤医生您看看。您将看到的一定是一幅煞风景的画儿，月夜下的荒漠，一望无际的沙地。不停地写，因为我不停地写，只剩下能用来写杂文的四五根瘦弱的野草，无所依靠地、孤零零地长着。这样的一片沙漠哪里还能藏得住秘密？

须藤

但是……

须藤本想再进一步追问下去。奥田却不知为何突然感慨起来。

奥田

这就是所谓的虚无感啊。（对着完造说）先生现在的虚无的感觉在先生的文章中也显现出来了，这也正是鲁迅让人崇拜，其文章令人倾倒的原因所在。

完造

（一到这个层次的谈话，完造就有点糊涂了）啊，是这么回事啊。

被杀了气势的须藤正瞪着奥田的时候，广平从左边拉门探出头。

广平

商务印书馆的建人来电话了，电话打到楼下了。

鲁迅

我弟弟？

广平

（点头）我跟他说了我们在这儿避难，都挺好的。

鲁迅

我也去跟他说说。

广平

听建人说商务印书馆也有两个编辑被抓了。另外还有洛文他也……

鲁迅

从广播里听说了。太不像话了。

广平

（对着鲁迅）对了，徐波回来了。（对着完造和须藤）哦，徐波刚刚回来了。

鲁迅从右边门下去了。广平，环顾了一下大家，点了个头，也跟着鲁迅下去了。

须藤

（盯着奥田）又会画画又会雕刻的多才多艺的牙医就是你啊。

奥田

画画、雕刻我可不是单单作为个人爱好在搞的。假牙也属于雕刻的一类。美术修养是作为一个牙医所必备的。您就是那位赫赫有名的须藤医生吧。

须藤

赫赫有名，是什么意思？

奥田

在上海的日本医生中有一个不成文的规定，日本人和中国人，不管排队顺序如何，先得给日本人看。可是，只有您是按顺序，不照顾日本人，所以，您在日本人中间名声很不好，而我很崇拜您，可大多数日本人说您是“不给国人面子的、不懂得通融的傻瓜”。

须藤

这好像与事实有点儿出入吧。我正想跟大家说说这事儿。（对着完造）比方说候诊室同时急匆匆地来了两个病人。一个是日本人，衣冠楚楚、趾高气扬。另一个是中国人，衣衫褴褛、战战兢兢。如果老板你是叫病人进来的护士，你先叫谁？

完造

（马上答道）先让穷人进来。

须藤

这样的话，你这个护士就不称职了。应该让病更重的、更疼更痛苦的人先进来。

完造

是这样，对不起，我错了。

奥田

的确，疼痛与人种、国籍是没关系的。

须藤

（点点头）日本人是稍稍有点儿鼻子不通气就来看医生。为什么？ 因为有钱啊。可中国人不到实在不行的时候是不会来看医生的。这样我给中国人先看病的机会就多了。

奥田

果然是个好医生。（伸出右手）我叫奥田爱三，我发表绘画、雕刻作品时，用的雅号是奥田杏花。您可能从老板那儿听到过我。我正在给鲁迅先生画肖像画，这幅肖像画将作为明年岩波书店出版的《鲁迅选集》的封面画，所以现在多少有点儿兴奋，平时我还是很安静的。请须藤医生多多关照。

须藤

（也伸出手来）好好。

完造

可鲁迅先生却对刊登自己的肖像画有戒心。正好昨天须藤医生您说鲁迅先生的虫牙很厉害。于是脑子里就闪了一下。如果是奥田医生的话，又能画肖像画又能治疗牙病的话，这不是一举两得吗？

须藤

你这个乔装打扮的肖像画家今天有收获吗？

奥田

鲁迅先生的牙坏到了令人吃惊的地步。是一种很少见的由于吃点心吃多了而引起的龋齿症。

完造

龋齿？

须藤

就是虫牙。牙科大夫总是喜欢用一些难懂的术语。把什么智齿叫作第三大臼齿。拔掉的牙叫拔去齿。刷牙的方法叫刷扫法。（忽然注意到奥田脸色有点不对了，急忙说）对不起啊。

奥田

……做点心的点心匠一般老是要尝一下点心味道，容易得我们一般不容易得的虫牙病。点心匠的门牙特别容易变成虫牙。鲁迅先生的门牙坏的程度超过了做了五十年点心的点心匠。鲁迅先生的槽牙就是坏到了这个地步。我借着和鲁迅先生闲聊的时候检查了一下他的咀嚼能力……

完造

咀嚼能力……？

须藤

就是牙有多大嚼烂东西的力量。

奥田

牙齿健康的人能很轻松地嚼烂鱿鱼的生鱼片和醋拌章鱼。这一类称为咀嚼能力五级。比这一级差一些的能吃得了炸猪排和日本萝卜咸菜之类，称为四级。再次一些的是能勉强咬动黄瓜和炖鸡块之类的食物，称为三级。勉勉强强能咬动米饭、面类食品还有金枪鱼的生鱼片，这一类称为二级。咀嚼能力最差的一级只能吃豆腐和布丁。

须藤

那鲁迅先生呢?

奥田

先生的咀嚼能力顶多为一级，甚至低于一级。

须藤

那太糟糕了。

奥田

先生的每颗虫牙只要碰到嘴里的食物就会疼。所以先生吃东西时是用上颚和舌头把食物压烂。

完造

太可怜了。

奥田

先生的虚无主义，就源于这低下的咀嚼能力。

须藤

那扯得有点儿太远了吧。

奥田

（满脸自信）本来就是嘛，一日三餐对先生来说简直就像下地狱。那不虚无才怪呢。

须藤

把牙齿好坏作为衡量一切的标准，不太好吧。

奥田

（好像没听见似的）治好了牙，就能很好地嚼东西了，这样胃也就好了，浑身就都有劲儿了，对未来也就感到光明了。您瞧着，牙治好了，先生的文学观也就会改变了。

须藤

别随便乱改鲁迅的文学观。

奥田

……噢，知道了。

须藤

你想得太乐观了吧。你准备怎么说服先生接受治疗虫牙？

奥田与完造，对看了一下，互相做了个鬼脸。

须藤

你们怎么能笑得出来呢？现在想起来，我昨天做得太蠢了。我异想天开地觉得扮成一个鲁迅作品爱好者就能给先生查病了。皮肤干不干？ 有没有哪儿浮肿？ 眼里有没有活力？我是一个不漏地查了一遍。看先生他右手中指被尼古丁熏黑的程度，我估计他每天抽烟在五十根左右。我专心地听先生说话的声音是否有劲，竟然奇迹般地号到了先生的脉搏。我也想办法查了一下他的牙和舌头。可是能查的仅此而已。我还想查一下先生体内的氧气和二氧化碳的状况，可是先生却不给我叩诊的机会。我还想查一查先生的血管、肝脏、肾脏的状况，但先生也不给我触诊的机会，甚至连肝肾的病史也没搞到手。所以你即使扮成肖像画家也不是什么都能干得成的。如果知道我们是医生，那就更没法儿接近先生，给他查病了。

须藤拿出准备好的两个马桶。

须藤

你们看，马桶还空着吧，先生拒绝让我检查大小便，所以他不上厕所。

完造

先生厕所是上的，可就是每次都去楼下的公共厕所。

须藤

这对我这个大夫来说跟没上厕所是一回事儿。我原想露一手，干一下我的老本行，可先生是学过医的强敌，一点儿机会也不给我，真是一个顽敌啊。

奥田

看我的吧。

须藤

……什么？

奥田

这儿已变成口腔治疗室了。

完造正在兴冲冲地把右手客席的书山搬走。

完造

三点钟是吃点心的休息时间，我把先生请到楼下，这当会儿你们就给奥田医生帮忙。

书架的侧面已固定好了两个（长 90 厘米，直径 13 厘米）液化气瓶。一瓶是笑气，一瓶是氧气，都用白色油漆写着呢。须藤看得目瞪口呆。

须藤

笑气……！

奥田

（得意洋洋地）都是 1500 毫升的。两瓶的阀门都开着呢。笑气 60%、氧气 40%，用供给器把两种气体进行混合。

奥田从左手边书架里边拿出了一个大饭盒似的气体供给器。供给器一头接着储气瓶上的两根导气管，另一头接着一根较长的导管。在导管的最终端有一个吸气面罩。供给器还有两个调节阀，一个控制开关，一个用来控制气量大小。在奥田开始一一说明的时候，完造由右边的拉门一路小跑着出去了。

奥田

笑气60%、氧气40%的比例您看怎样?

须藤

可以。但……

奥田

打开供给器的开关。气体的供给量现在是零。这个按钮往顺时针方向一转,气就出来了。转得越大气量就会越大。

须藤

这谁不知道!我那儿也有这玩意儿。还有两台呢。

完造搬来了一个收音机的外壳。供给器正好能放进去。

须藤

嗯,真有你的。

奥田

麻醉后,为了弥补缺氧的情况我想让先生吸五分钟的氧气。您看怎么样?

须藤

可以。……但是，在这之前……

奥田

用笑气给先生全身麻醉，来消除先生对治疗牙的恐惧心理，然后再给先生打一针麻药给他局部麻醉。

奥田解开上衣的扣子，翻开衣服里子，注射器、拔牙钳子、凿子、牙龈夹、抽髓针等整齐地排了一排。

奥田

须藤医生，您能协助我们吗？您帮我们管理一下笑气，行吗？

完造

我都事先练习了。

奥田

（没搭理完造）如果须藤医生您能帮我管理笑气的话，那这次的治疗就事半功倍了。

须藤

你不是在开玩笑吧。

奥田

当然不是。

须藤

你是不是为今天这次治疗才上的口腔学校?

奥田

（显得有点儿愤慨）我真应该让您看一下巴尔的摩口腔科医学专门学校的毕业生名单。它是世界上最古老的、最权威的口腔科医学专门学校。我可是从那儿毕业的堂堂正正的口腔医学学士。

须藤

那你一定知道给患者全麻后会产生的并发症吧。鲁迅先生如果有高血压病的话，就可能引发心力衰竭。

奥田

那比中上海市发行的一等奖彩票的概率还要低。

完造

（一边点着头一边说）对、对，能中一等奖彩票的都是政府高官和他们的家属。

须藤

另外，如果先生有心绞痛的话，还可能引起心肌梗塞。

奥田

那比中上海市发行的二等奖彩票的概率还要低。

完造

二等奖彩票一般都到政府高官的亲戚那儿去了。

须藤

如果有哮喘病的话，还会引起发作呢。

完造

三等奖彩票一般都到政府高官的朋友那儿去了。

一般老百姓能中的都是四等以下的。（须藤和奥田都瞪着完造）有什么地方说得不对吗？

须藤

先生如果有糖尿病的话，还会有发生昏迷的可能。

奥田

可鲁迅先生不是不让查病吗？ 您这大主治医师都没办法，我这小小的牙科大夫就更束手无策了。

美喜

我给大家沏点儿茶吧。

美喜从左边门进来，一手端着茶具，一手拿着纱布给大家看。

广平

我们弄到了好喝的饮用水。

广平抱着一个暖水瓶，手里拿着一把脱脂棉签给大家看了一下，然后从左边门走出去了。

广平

先生，您还是快点儿让奥田医生给您画肖像画吧。噢，对了，大家正在楼上喝茶呢。

鲁迅

是啊。让奥田医生久等了。

鲁迅进门时一边警惕着须藤一边慢慢地坐下。这时夜幕降临，月光洒进了屋内。

奥田

噢，先生再忍一下。还剩最后一点儿了。

站在里面藏着供给器的收音机外壳的旁边的完造，把一个口罩递给了正在给鲁迅先生画像的奥田。美喜和广平心都提到嗓子眼儿了，等待着那一刻的到来。左边的须藤手撑下巴在考虑着什么。

鲁迅

（摆着姿势的鲁迅直视着前方问道）奥田医生你会木版画儿吗？

奥田

木版画儿？

鲁迅

就是在木板上刻的画儿然后再把纸放在上面拓。浮世绘不就是木版画儿吗？日本的木版画绘画技术在世界上是一流的。

完造

为了提高上海年轻画家的水平，鲁迅先生举办了两次版画技术讲习会，讲师是我弟弟，他在东京成城学园教美术。正好来上海玩儿，把他抓来给鲁迅先生帮忙。

奥田

关于这事儿我有所闻。但您想让我干点儿什么呢?

鲁迅

您能给我们上几节课吗?

完造

鲁迅先生您又要被造谣中伤了。肯定有人说:“鲁迅口口声声说什么反日、排日、抗日，却又在搞什么日本版画技术的普及，他不是日本特务还能是什么呢?”

须藤

(好像终于下了一个决心)这可不行。

鲁迅

……对。中华民国的文盲率是多少您知道吗?

须藤

(好像被人泼了一盆冷水)什么? 不知道……

鲁迅

是 90%, 十个人里有九个人不识字。我很想让他们接触文字、接触书。为此就需要出版更多的有好多画、有意思的而且质量好的书。现在统治这个国家的一伙人任意地操纵文字。他们操纵文字来鱼肉老百姓。他们用孔子、孟子说过的这样那样的话，宣扬应该照这一套来控制老百姓。

须藤

（一边看着在干着什么的奥田）政府这样做太不对了。

鲁迅

对，统治这个国家的一伙儿人越操纵文字，我们的同胞们就越应该抵抗下去，更多地使用文字。为此我觉得应该出版更多的带画儿的读物，所以才举办了版画技术讲习会。

须藤

大家都说很危险。会发生什么事儿呢？

鲁迅

正如您说的，老说我是“日本特务”的家伙们让他们说去吧，日本的版画技术很高。即使是敌人的技术，只要是好的东西就应该学。

须藤

您应该考虑考虑您的身体状况。

鲁迅

的确应该提高中华民族的整体素质。

须藤

不能只考虑嘴里的牙。

鲁迅

但是吃也是很重要的啊……

奥田

（终于爆发了）你们这些医生总是小瞧牙科医生。

鲁迅

日本人也是这样，总是歧视中华民国的公民……（鲁迅好像终于意识到了）欸？

奥田

请不要老是指手划脚好吗？

鲁迅

（注意到了头上戴的反光镜）你不是要给我……

奥田

（深深地点了一下头）我是上海最有名的牙科医生。

说着奥田把吸气面罩给鲁迅戴上了，并且给完造下了“命令”。完造像一个调音师接到了指挥演奏的命令一样。美喜拿出洗脸盆，倒上热水，滴上消毒液。广平给鲁迅戴上了围兜，紧紧地扶着鲁迅。

须藤

真要开始了?

奥田

您如果担心的话,就给鲁迅先生号号脉吧。

须藤

我可不听你的指挥。

不情愿的须藤也加入了这支小医疗队,他先给鲁迅号了脉,然后觉得还是不放心,又从包里掏出听诊器,听一下鲁迅的心跳情况。

广平

先生对不住了。但等您醒过来的时候,您的嘴里一定舒服多了。

须藤

(对着奥田)稍稍有一点心律不齐。其他都正常。

完造

按照指示在办,当然不会出错了。

美喜

先生您装上假牙的话,就什么都能吃了。

须藤

到目前为止没发现四肢僵硬、痉挛、麻痹等反应。暂时不用担心麻醉会产生副作用。

完造

一切正常。

奥田

（一边看着表）我计划是给先生输 1000 毫升的氧气。输氧时间为十分钟。您觉得可以吗？

须藤

（确认了一下氧气瓶）我觉得可以输。

奥田

拔下来的牙的所属权问题，一直到现在还是一个悬而未决的问题。

这突如其来的一句话，四个人都惊呆了。

奥田

关于拔掉的牙的所有权问题的理论是由我的母校巴尔的摩口腔科医学专门学校的法学口腔研究室制定出来的。

须藤

法齿学。

奥田

法律的法，牙齿的齿，学问的学，即是从法律的观点来研究牙的学问叫法齿学。法齿学认为“拔掉的牙，除掉上面镶的金、银以外，原则上，病人应该放弃对它的所有权”，并且“齿科医生有妥善处理患者被拔掉的牙的义务”。

须藤

你又想要干什么了?

奥田

我想把鲁迅的牙重新给他还原。

须藤

你可不能一个人独占啊。

完造

对。

奥田

(制止住完造,要完造不要讲话)仿造出一口和鲁迅现在的牙一样的牙,并把它装饰在候诊室,对知道鲁迅的人来说是最好的纪念,对不知道鲁迅的人来说是一个教训:“牙要是放着不管就会坏到这种地步”……

须藤

不应该让鲁迅先生在众人面前丑丢。也请给我四五颗,我准备把它们放在壁龛的花的旁边。

美喜

我们家也想要。我们将把这些牙作为家宝珍藏。

完造

对我们是两个人，所以给我们七八颗吧……

奥田

不能把这些牙分了。

广平

“我总是用后边的大牙，”先生经常这样说，“写作的时候，推敲词语、斟酌文句时总是爱咬后面的大牙。我是靠着我的大牙在工作的。”

奥田

的确，先生的大牙坏得很厉害。……

广平

先生靠着这些大牙做了很多工作。可以说先生的大牙是一部先生的全集。我想要大牙。我把它放在书架上。

须藤

夫人说的很在理。里边的大牙给先生的家里人，其余的牙大家平分。就这样。

奥田

但是依据法齿学。

突然，鲁迅站起来走动了两三步。五个人的注意力都转向了鲁迅。

奥田

啊，鲁迅先生，正在给您打麻药呢，还需要八分三十秒。

须藤

（对着完造）把氧气瓶关了。

说着须藤迅速上前扶住鲁迅，观察鲁迅的身体状况。

须藤

先生脸色不错。脸上既没有冷汗，也没有发紫。瞳孔也很正常。没有看出呼吸有什么困难的地方。

（须藤）随手给鲁迅号脉。奥田向广平、美喜、完造解释，要他们镇定。

奥田

这是常会发生的事。请不要担心。这和困的时候被什么惊醒是一回事。

须藤

脉搏也正常。先生好不容易开始的治疗，一定要坚持到最后啊。

鲁迅

治完……？

须藤

（点了点头，然后对奥田说）你用拔掉的牙的所有权问题来扰乱医疗现场，犯下了严重的错误，你有不可推卸的责任，这一点你很清楚吧。

奥田

拔掉的牙我们还是均分吧。

须藤

好。（对着鲁迅）请。

鲁迅

（心想：我看到了很怀念、很让人害怕的东西）藤野先生……

须藤

藤野……？

须藤迅速地从上到下看了一遍鲁迅。

须藤

我是须藤啊……

鲁迅

（突然像变了一个人，用缓慢而沉重的口吻）我记得先生的家在一个可以一览仙台全貌的小山丘上。我去先生您家，向先生您告别。我对您说谎了，请您原谅我。

须藤不由得退了两三步。其余四个人也好像都僵硬了似的。

鲁迅

（好像把世界上所有的罪过都加到了自己的身上似的）当时，我对您说："我想转学生物学，所以想放弃现在学习的医学。"……我那时骗了您，其实我早已下定决心，准备搞文学了。先生您一直希望能在中国诞生新医学，所以一直鼓励我、帮助我，而我不但没能回报先生对我的关心，反而欺骗了先生，真对不起。

须藤无奈地垂下了头，广平噌地一下像弹簧一样飞奔过去。

广平

先生您怎么了？

鲁迅牢牢地抓住广平的双臂，紧紧地盯着广平。

鲁迅

（带着非常懊悔的表情）对不起。

广平

您怎么了，突然这么客气起来了？

鲁迅

我把我母亲全都推给你一个人了。

广平

什么？

鲁迅

朱安。是我把你弄成了一个一辈子坐冷板凳的家里的仆人似的。

广平

我是广平啊！您没事吧？

鲁迅

（点点头）朱安，是我把你弄得每天守活寡。

广平

先生您……

广平害怕起来了，往后退着。鲁迅不停地鞠躬赔罪。美喜从后面扶住广平。广平转身难过地抱住美喜。

须藤

朱安是谁？

完造

是先生在北京的夫人。她照看着先生的母亲。

奥田鼓起勇气跑到了鲁迅的面前。

奥田

（胆战心惊地）先生您别再使性子了。快回到治疗椅子上坐下吧。

鲁迅

洛文我对不起你。

奥田

(早估计到了)洛文?(回头看着广平)先生把我又错当成谁了?

广平

就是昨晚被国民党抓去的青年作家。先生一直很关照洛文,把他当成了自己的弟弟。

美喜

先生这到底怎么了?

握着奥田的手给奥田赔罪的鲁迅,突然看见美喜,呆住了。

鲁迅

(好像遇到了自己背叛过的旧友似的)秋瑾大姐。

广平

她是已经被处了极刑的女革命家。

美喜哑口无言……

鲁迅

我没脸见您啊!

鲁迅转过身去,双手捂住脸。一直在一旁看着这一幕的须藤对奥田说道。

须藤

可能是用笑气后引起了幻觉，或者是先生患上了人物误认症……

奥田

人物误认症？

须藤

嗯。

这时完造慢慢地走近鲁迅。

完造

先生，我是谁？

鲁迅

（稍微松了口气）你是完造先生对吧？

完造

那还用说……

鲁迅

净给您添麻烦了，实在抱歉。

完造

那倒没什么啊……（突然感到）好了，先生好了！（又重新问了一遍）我是内山完造对吧？

鲁迅

错了吗？

完造

（挺起了胸脯）我是完造，您是鲁迅……

鲁迅

他是谁？

鲁迅指着人体骨骼模型。大家都吃惊地屏住了呼吸。这时灯光慢慢地灭了。

三 自杀意念症

第二天的晚上九点，外边下着倾盆大雨。雨点重重地打在玻璃上，透过玻璃窗户可以看到摇摇晃晃驶过来的电车和汽车，还有那昏黄的街灯。人体骨骼模型也仿佛随着透进来的这些光线在晃动着。

不一会儿，须藤一边用手绢擦着衣服上的雨水一边走了进来，看见从屋外射进来的光线照耀下的人体骨骼模型，稍稍停了一下。然后把看病用的医疗箱放在桌子上，这时他突然好像想起了什么，把放在屏风后面的两个马桶拿过来看了一下。里面什么都没有。广平拿着一条毛巾登场了。

广平

上海特有的景象就是这月夜下的阵雨。天空上明月高挂，却下着大雨。（广平把毛巾递给了须藤）请擦一下吧。

须藤

啊，谢谢。

须藤接过毛巾擦了一下脖子等处。然后把马桶放回了原处。

须藤

我刚刚从美喜夫人那里听说，先生有用热水泡脚的习惯，是吗？

广平

（点头）先生喜欢一边思考问题一边泡上一个小时脚。

须藤

温水最后是不是成凉水了？

广平

我在旁边不时地给他加热水。今晚由完造先生替我……（有些激动）先生把我错当成北京的朱安，一见到我就给我，不，是给朱安赔不是。所以今天让完造先生替我。

须藤

先生为什么把你当成了朱安，其中的理由虽然不是十分清楚，但我也察觉到了一点儿。

广平

（提高嗓门）为什么？（又压低了一下声音）为什么呢？

须藤

难得大家都在这儿，我想让大家听一听我的“诊断”。也需要你们的证词。

广平

（不服气地）……

须藤

（看了一下表）正好九点。我打电话约了巴尔的摩先生[①]，让他今天晚上九点在内山书店见。他一到我们就开始。

广平

您说的巴尔的摩先生是……那个……

须藤

（点了点头）那个牙科大夫。夫人，到时候我提的一些问题可能会涉及到您的个人隐私，您要有思想准备啊！

广平

只要能让鲁迅先生叫我广平，问什么都没关系……（广平显得很坚定，而且很冷静）我讨厌他叫我朱安。

须藤有点儿被广平的气势给镇住了，呆站在那儿。美喜登场，像平时一样端着一套茶具。

美喜

和往常一样，我负责给你们沏茶。对了，早上给鲁迅先生吃的药好像起作用了，先生拉肚子止住了。（对着广平）是不是广平？

广平

都一年了先生一直肚子不好。这不，终于止住了。

---

① 指奥田先生。

美喜

我们家那口子把药放到了饭后的茶里，让先生喝了。

须藤

这办法太妙了。只要拉肚子止住了，先生体力自然就会增强，好兆头。那个药如果起作用的话，那说明先生得的就是过敏性肠炎。这种病主要是做脑力工作的人容易得的。

说着，须藤从包里拿出两个装药的袋子。

须藤

这是胃药和强壮心脏的药，这是我和我们医院的药剂师反复斟酌后才定下来的。这两服药不仅对先生的病很管用，而且副作用小，也放到先生喝的茶里吧。

美喜

对，这药确实管用，现在吃饭的时候，先生的牙也不疼了。

广平

奥田医生把装辣椒面儿的瓶子也送来了。

须藤

辣椒面儿的瓶子。

广平

没有食欲，但是不吃饭又不行的时候，可能就会想到往饭菜里加些刺激味觉的香料（提味的香料以刺激食欲）。先生就总是爱在菜里放些辣椒面。奥田医生就利用这一点把止痛药等混在辣椒面里，然后把辣椒面送给先生，每次吃饭时，先生总是一边说着，还是不够辣，一边不停地往菜里加辣椒面，这样止痛药就起作用了。

须藤

这家伙（指奥田——译者加）是不是在药里放了阿司匹林了？阿司匹林可容易引起胃溃疡啊！

奥田

到那时我再考虑用别的配方、别的药。

这时，全身都被雨浇透了的奥田正好走进来接上了话茬，奥田穿得很时髦，戴着一副驾车专用的眼镜。

奥田

这雨说下就下，我开的那辆美国名牌敞篷车可惨了。

须藤

你怎么这么晚才来？

奥田

啊，有事情。

须藤

……？！

奥田

先生您的医院前面围了很多怒气冲冲的日本上海居留民团的人。

须藤

他们总是来找茬儿。我已经把护士和家里的用人都转移到法租界的宾馆里了，不用担心了。

奥田

刚才我本想顺便开车接先生过来，就绕到您的医院去了。结果看见居留民的头上扎着带日本太阳旗标志的头巾，高举着六尺长的护身棒，个个杀气腾腾的，向您的医院拥来了。他们还突然冲着我喊道："你是不是那个卖国医生的同伙？那个卖国医生去哪儿了，快告诉我们！"

美喜

（对须藤问道）出什么事了？

须藤

没什么大不了的事儿。

奥田

我听说今天傍晚一个被英国人开车撞了的报童被送到了须藤医生的医院，好像锁骨骨折了。须藤医生马上就给那个报童进行了治疗。一听到这个消息，居留民团的那帮家伙就跑来了……

须藤

别说这些了。

奥田

请允许我向大家介绍一下您的光荣事迹，我也很想说说您的那句光彩的台词。须藤医生正在给病人看病时，突然一个日本用人抱着一个小男孩急冲冲地跑进医院里说：“我们家小少爷摔了一跤，膝盖蹭破皮儿了，请您马上给他包扎一下吧。”于是须藤医生就对女佣说：“你可以在下面的三种方法中选一种。一是按顺序排队，二是去别的医院，三是用吐沫在伤口上擦一擦，嘴上说三遍呸呸呸，这破地儿。要是我的话，就选择第三种方法。”你们知道了吧。这真是让人神往的名句。

美喜

那就是说须藤医生没有先给日本人看病，惹恼了那伙儿居留民团的家伙。

奥田

还有下文呢，那女佣听了这番话，气坏了，说道：“医生你要对你说的话负责，这孩子的父亲可是日本上海居留民团的负责干部。”须藤反驳道：“这孩子的父亲哪怕是天皇，伤只要轻，他就得在后面排队。”

美喜和广平听到“天皇”这个词吓坏了。

须藤

……身为一个日本人也许说得有些过分了。但是一听到“居留民团”这几个字，尽管我自己也身为其中的一员，但不知为什么我就一肚子气。上海现在住着三万日本人，几乎所有的人都认为上海是我们日本的领土，居然忘了自己是在别人的地盘上生活着。日本人的这种想法已经引起了上海人的反感，反日运动的盛行跟这种想法有一定的关系。可是我们日本人却从不对这种错误的想法进行反省。反日运动一高涨他们就害怕。“好不容易攒下的家产不想毁于一旦”，“自己要是被抓去当人质怎么办？”没办法，居留民团就只好到日本军队那里去诉苦，说什么“为了保护居留民的生命财产请给我们派军队来”。不久，日本军队就来了，这样反复几次，居留民团就只有听军队的摆布了。军队利用日本居留民的这一心理，暗地里制造一些事件来吓唬，然后等着他们自己来向军队求助……

奥田

比如说两年前的上海事变……？

须藤

（*点了点头*）弹着单皮柄鼓嘴里念着南无妙法莲华经，来回穿梭于上海市内的日莲宗的和尚被杀。居留民就马上（*指着右手的门*）跑到附近的海军陆战队总部，日本海军陆战队正等着他们的请求呢。这样他们就可以名正言顺地增兵，并发动了上海事变。事实上杀害那个和尚的是日本上海公使馆下属的陆军武官室的一伙人。我知道这件事后怒不可遏，马上做出了不做军医的决定。

奥田

原来是这么一回事啊！

须藤

平时横行霸道，一旦有事了就害怕起来。这就是居留民团。

奥田

胆小的人平时才会横行霸道。

须藤

你这不就是在重复我刚才的话吗？总之居留民团在这方面做的让我很讨厌。在人家的地盘上挣钱应该顾及到别人的感情。应该入乡随俗，应该低调做人。（注意到了大家的情绪）……我这是怎么了，为什么这么激动？

奥田

我刚才只想问的是先生的医院现在处境非常危险，不去管它行吗？

完造飞奔了进来。

完造

鲁迅先生他……！

广平

先生怎么了？

完造

他好像很难受。

须藤

我马上就去。

完造

（做了一个制止须藤的动作）不是病了。

美喜

那怎么了？

完造

先生开始洗脚洗得特别高兴，后来隐隐约约地听到须藤医生的声音，须藤医生说“……您要有思想准备啊”。听到这话，先生的脸色一下子就变了，说：“楼上藤野先生又来了！”

须藤

明白了。

完造

说别的话时都好好的。我得赶快过去了，先生一个人会寂寞的。

广平

麻烦您了。

完造急急忙忙地又走了出去。

须藤

正像你们所知道的那样，鲁迅先生百病缠身，可以说他现在的身体是疾病的百货商店，到处都疼痛。疼痛满员的公共汽车。另外先生前前后后大约在上海生活了八年，这八年一直过着一种严酷的地下潜伏的生活，还有像现在这样的避难。这些都无形中使先生在心理上承受了巨大的压力，当先生的精神出现问题时，随时可能发生现在这种情况。这次给先生用的笑气就成了一个导火线。还有一点……

奥田

请等一下。的确由于笑气而引起幻觉的情况很常见。还有很多人会做一些黄色的梦。（对着美喜和广平）当着两位女士的面说这种话实在不好意思。因笑气做黄色梦的，实在不少。上学时，我的母校巴尔的摩的老师们反复告诉我们："给异性患者使用笑气时，不能一个人单独给病人使用，一定要有第三者在场才可以。"真的是这样，发生过好几次女患者把我错当成瓦伦蒂诺，拥抱我，亲吻我……

广平

瓦伦蒂诺？

美喜

好像是哪个电影明星的名字。

奥田

（点了点头，随后对着须藤）鲁迅先生的人物误认症没有让先生产生什么不检点的行为吧？他只是把你错看成了藤野先生，但并没有出现色情的幻觉。笑气绝不是先生患上人物误认症的直接原因。

须藤

那好吧，我现在改为笑气是先生患上人物误认症的一个小小的诱因。请别中途打断我的话。

奥田

……请继续说吧。

须藤

鲁迅先生还承受着另外一个巨大的压力。不知道从什么时候开始在鲁迅先生的脑子里出现了一头怪物，先生讨厌医生的原因就是这头怪物在作怪。这是我作为先生的主治医师作的第一个假设。

三个人都惊呆了。

须藤

由于笑气的刺激从昨晚开始先生出现了人物误认症的症状，这也是他脑中的怪物开始乱闹开来的结果。这是我的第二个假设。

奥田

那怪物叫什么？

须藤

自杀的念头。

大家惊呆了。然而，马上……

广平

不可能，绝对不可能！

美喜

对啊，没有一点兆头啊……

广平

请大家再看一下先生的文章。在先生的文章中到处都写着，人一定要活下去。

美喜

我也能背诵。“哪怕是微不足道的小虫子也应该活下去（广平也跟着一起背），更何况是人，人哪怕做乞丐也应该活下去。”

须藤

认为人应该活到老死是理所当然的事儿，那么，再不会需要极力强调应该活下去的理由了。

广平

……

美喜

今晚的须藤医生是怎么啦，说话这么直率。

须藤

只有把一切都搞清楚，才能为患病的鲁迅先生提供更好的治疗。虽然这对医生和患者都是一件很残忍的事，但却是作为一个医生最应该做的。

美喜

（表示明白了）……

须藤

先生把你看成了秋瑾，对吧？

美喜

（点点头）我仔细阅读了一下我们这个书店里关于秋瑾的资料。秋瑾比鲁迅大六岁，两个人都出生在绍兴，秋瑾是当地的大地主的女儿，后来和大商人的三儿子结婚，住在北京。当时的清政府也在北京，她对清政府很不满，她说要推翻满清人的统治，由汉族人来重建中国。随后我把我的孩子，不，是秋瑾把她的孩子寄放到朋友家，孤身一人去日本留学了，在日本她加入了孙文先生成立的中国革命同盟会。鲁迅先生当时也在日本，和秋瑾是同一时期加入中国革命同盟会的。……在日本呆了两年左右，之后她回到上海，并在绍兴建立革命组织，准备武装起义，最后被逮捕并处以死刑……当时，秋瑾只有三十一岁。真勇敢，不愧是女中豪杰啊。

广平

哦，对，她的短刀，好像是吧。不，一定是短刀。

须藤

短刀？（做了一个刺东西的动作）这个东西？

广平

先生在北京女子师范大学给我们上课的时候，曾经给我们讲过秋瑾的事儿。先生只说了一句“秋瑾的短刀逼到了我的胸前”。然后先生就一直凝视着自己的讲义，当时我正好坐在最前排，一抬头就清楚地看到先生的眼睛红了，然后眼泪大颗大颗地掉了下来……太感动了，转眼已经过了十年。

须藤

为什么先生会说秋瑾的短刀逼到了先生的胸前呢?

广平

当时身在日本的秋瑾是主张“立即回国掀起推翻满清政府的革命”的革命派的领袖。但先生却是“留在日本求学就是为了祖国”的留守派的默默无闻的一名小卒。于是秋瑾对先生说“你当不了革命家”这句话,同时把短刀逼到了先生的胸前。

美喜

据说秋瑾女士特别爱穿长靴,而且总是在长靴里藏一把短刀。

须藤

这个情报太有价值了。对先生来说秋瑾女士可能是一类人的象征……

奥田

您说的一类人的象征是指哪一类人?

须藤

为推翻满清政府统治而不惜献出自己生命的仁人志士,秋瑾就是这些人的代表。也就是说鲁迅先生一直认为“自己还在苟延残喘着,实在没脸面对秋瑾等烈士”。也可以这么说,三十年前的短刀现在还深深地刺在鲁迅先生的心窝里。

奥田

噢,对了,我又代表什么人呢?

须藤

还用说吗？你不就是受过美式教育的牙科医生，开着一辆帕卡德，上海最摩登的花花公子的代表呗。

奥田

我是说叫洛文的那位年轻作家。

须藤

他是先生精神世界里的孩子们的代表啊。

奥田

是他的孩子？

须藤

或许吧。

奥田

我不太明白……

须藤

……秋瑾女士牺牲四年后，清王朝终于灭亡了。这已是二十三年前的事啦，那是明治四十四年，也就是西历……

奥田

（显出一副不耐烦的样子）一九一一年。第二年的元旦中华民国成立了。住在这个国家，这点常识还是应该有的，我再补充一点儿，鲁迅先生是在中华民国成立后的第十四年，当上了设在北京的政府社会教育部的官员的。特别是先生在北京生活的后期一直是边从事作家活动边教书，工作非常繁忙。以上是作为一个鲁迅文学爱好者起码应具备的常识。

须藤

……（秋瑾等烈士们不惜以生命为代价换来的）革命的确来了，但事实上又能怎样呢？

广平

一点儿也没变。只是变了个牌子。局面依然和以前一样，军阀为争夺权力混战。

美喜

正因为有这样的现状，先生写的每一篇文章，你传我，我传你，才广为流传开了，比如说《想象力》这首诗[①]，连街口卖馄饨的，大字不识一个的王大爷都知道。

美喜念第一行，从第二行开始三个人轮着念，正念到高潮的时候，完造进来了。就四个人开始轮流念。最后一句四个人一起念。

一见短袖子，立刻想到白臂膊，立刻想到全裸体，立刻想到生殖器，立刻想到性交，立刻想到杂交，立刻想到私生子。中国人的想象唯在这一层能够如此跃进。

---

① 原文如此。其实后文的所谓“诗”出自鲁迅文章《小杂感》（收入于《而已集》）。

完造

先生正泡脚泡得起兴，一时还完不了呢。话说回来，刚才的诗真是一首好诗。

一边不停地夸赞一边像风一样一下走了。

须藤

先生的诗就是这样既有意思又发人深省。不少年轻人都以这些诗为精神食粮。洛文就是他们的代表。还有先生的小说呢，不仅给读者以心灵上的洗礼，还在潜移默化中鼓舞和激励着他们，先生的小说是许多年轻人的营养剂……

奥田

洛文就是这些青年的代表吧？

须藤

（点点头）在这些年轻人当中喜欢读鲁迅杂文的人最多。先生在杂文中主张：中国一定要统一；蒋介石的国民党政府应该立即停止对周恩来的共产党的围剿。

奥田

先生还主张：国共两党应该携起手来反抗以日本为首的帝国主义列强的侵略。为了实现国共两党的合作，首先需要我们每个国民贤明起来，也就是说，我们现在不是需要国家的政治改革，而真正需要的是我们国民整体进行思想改造。

须藤

鲁迅的这一思想已经成为了有志青年们的骨骼、血液和肌肉了。也可以说鲁迅先生是洛文等青年思想上的再生父母。当做父母的听到自己的孩子被捕的消息，甚至不时还听到自己的孩子被杀的消息……

奥田

那真是一件太残忍的事了。

须藤

你再好好地发挥一下自己的想象力。

奥田

啊？

须藤

正是自己主张的思想，自己写的每一篇文章，每一句话，把很多年轻人引向了死亡的深渊。

奥田

不敢往下想了。

须藤

就好比本来是想给人拔牙的，却误拔了舌头，导致患者死亡一样。

奥田

那样的医疗事故怎么可能发生呢。

须藤

所以才让你发挥想象力呢。

奥田

（想了一阵）会联想到死的，不，是一定会去死的。

须藤

鲁迅先生背负着如此沉重的罪恶感，为此一直有自杀的念头。

三个人都惊呆了。

须藤

先生的负罪感来自多方面，首先觉得对不起藤野先生，因为自己辜负了先生的期望。其次对不起以同乡秋瑾女士为代表的牺牲的许多革命者，因为秋瑾为革命献出了生命，而自己至今还苟延残喘地活着。再次对不起洛文等有志青年，因为正是自己把他们送上了死路。鲁迅先生总是在想“我对不起的人太多了，惟有以死来减轻自己的负罪感”，也就是说先生厌医、拒绝治疗其实就是一种间接自杀的表现。

奥田

难道真的会是间接自杀？

须藤

在巴尔的摩没学过吧。

奥田

啊？

须藤

东京帝国大学的医学部也不会教这方面的知识的。刚才，我突然想起来，以前翻阅德国的《医学大全》时看到对“间接自杀”的分析，这才终于让我解开了鲁迅先生的谜团。鲁迅先生的脑子里一直有这样的想法：“我不接受任何治疗，这样死去的话，也算是对那些我曾经辜负过的人们的一丝补偿……”

奥田

真是一种带有文学色彩的自杀行为。

须藤

（点点头）所以我们觉得棘手也是必然的。

广平回忆起先生的日常起居来。

广平

先生总是在桌前通宵达旦地写作，即使睡也是伏案小憩，还不到中午就醒了，这是不是也算一种慢性自杀的表现？

须藤

（深深地点了点头）先生想用拼命地工作来尽快地耗尽自己的

生命。

广平

在这儿避难才稍有节制啊，在家的话，烟是不离手的。难道这也是一种……?

须藤

先生是想得肺癌吧。

广平

多的时候，一个星期要看三部电影。我极力劝他不要老去那样的地方，因为电影院比较黑，是一个杀手云集的地方，很容易被暗杀，可先生根本就听不进去。难道这也是吗?

须藤

当然啦，他就是想让杀手们注意上他。

美喜

对了，先生还喜欢看猛兽类的电影，《人猿泰山》居然看了三遍。

奥田

那是不是想让狮子、老虎给吃了啊。

须藤

（瞪了一眼奥田）间接自杀，或者说慢性自杀，再详细一点儿说，就是慢性自我摧残，这种例子其实很多。首先，酗酒啊，为了很小的一点事儿就想和人决斗，有勇无谋的冒险家。就像一只辛劳的蜜蜂一样超越体力极限地过劳工作，开车时爱超速驾车，明知打不胜对方却硬要开战的将军，这些都是在脑子里存有毁灭自己念头的例子。想自杀，自己却没勇气下手，于是就先杀别人，把别人杀了以后再去自首，法庭审判时，也拒绝律师的辩护，当被处以死刑时，自己感到一种莫大的解脱。这种犯人的杀人模式据说普遍都是一样的。首先，他们会尽量选择抵抗能力相对较弱的小孩或女性下手，因为这两类人同属于弱势群体。杀的时候很容易征服。其次是杀人方法一般选择不让对方产生很大恐惧感的，而且是不太疼痛的方法。而且……（看到美喜等人已经显出一副不堪忍受这些话的样子了）先生感到对不起的人太多了，于是先生就想用自我毁灭的方式来赎罪。这就是栖息在先生心里的怪物的原形。昨晚给先生用的笑气成了那"怪物"显形的导火索了。

奥田

笑气只有那么一点点的影响。

须藤

不管笑气的影响是大是小，反正已经成了那"怪物"显形的导火索了，而且那"怪物"借着先生心里的负罪感，撒起野来了。以上是我的诊断结果。

美喜

为什么就不把我们家老头子错当成别人呢?

奥田

可能是因为长相太有个性了，也就是说特点太突出了，所以很难把完造先生错当成别人。

须藤

（又瞪了他一眼）那是鲁迅先生一直认为自己总是给完造先生添麻烦，在心里一直觉得愧疚，正好完造先生他又在眼前，所以没必要把完造先生也看成别人。

美喜

先生的心里一直想着我们家老头子！居然一直把这些微不足道的事挂在心上。

美喜激动地用袖角轻轻地擦拭着眼睛。广平感激地抱住了美喜的肩，然后对着须藤。

广平

须藤医生，这病能治好吗？怎么样才能征服那头“怪物”呢？

须藤

德国《医学大全》上说这种病自然恢复的几率大概在10%左右。

广平

什么？只有10%？

须藤

（点点头）对于治疗方法却什么都没写。（一边沉思）但是我觉得，也许我们可以尝试宽容。

广平

宽容？

须藤

对，只有宽容。我就以藤野先生的身份来宽容先生。夫人就要以北京朱安的身份来宽容丈夫。

广平

……！

须藤

从心底里来宽容先生，从心底里来鼓励先生。我觉得除此之外再没有更好的办法了。所以，夫人您……

广平

我什么都可以做，可就是不愿扮成北京的那个女的。

须藤

您的心情我们能理解。可是……

奥田

您应该是最想救先生的人吧。

广平

……那当然。

须藤

您见过朱安吧？

广平

在我还是北京女子师范大学的学生的时候见过几次。那时我们为了让学校当局“给我们校园更多的自由”与校方发生了正面冲突。当时我们给先生写了一封信，希望得到先生的指点。这样我就和先生开始了书信交往，后来先生需要一个整理资料和校对的助手，我就经常到先生家里去给先生帮忙了。每次去的时候，她都会出来给我倒茶。那时她要不就故意把茶水洒在我的膝上，要不就在茶杯里放上一条死了的金鱼……

奥田

她好敏感啊！（心想：她可真厉害啊！）

广平

可当时我和先生只不过是一般的教师和学生的关系。

奥田

她可能还是感觉到了一点儿什么吧。

须藤

对不起，我想问一句，先生爱过朱安吗？

广平

从来没爱过！

屋子里突然鸦雀无声。

美喜

须藤大夫您无论是什么目的也不应该问这样的问题。

须藤

（显出一副痛苦不堪的表情）没办法，我这也是为了给先生治病啊。

屋子又突然寂静了。

奥田

（对广平）……为了把先生从那自我忏悔的地狱里拯救出来，您必须勇敢地站出来，打头阵。

广平

……那个女人比先生大三岁，是先生老家绍兴的一个大户人家的小姐。（努力使自己镇静下来）"女大三抱金砖"，这是先生母亲的意思。先生的母亲也比先生的父亲大三岁。所以给作为家里的长男的先生也挑了一个比他大三岁的姐姐媳妇。当时先生家正值多事之秋，经济情况特别不好。先生的祖父虽然曾是清政府的高官，但因受贿，下了大牢。体弱多病的父亲也吐血身亡，接着先生那刚刚五岁、正值最可爱年龄的最小的弟弟，好像是要追随父亲一样，不久也得病走了。本应成为一家的顶梁柱的先生当时却为了去日本留学到南京上学了……先生的母亲当时一定是觉得无依无靠，希望找一个帮手，也希望能找到一个能商量事儿的人。于是母亲就选中了那个正好符合条件的、比先生大三岁的女人。（显得有点儿激动）您不是问先生对那个女人有没有过感情吗？先生第一次看到那个女人是在他们成婚的前一天晚上，所以先生经常说"朱安……"

美喜

（马上制止广平继续说下去）请不要再继续说下去了。上海的太太说北京的太太的坏话，就和世上常有的太太间的争风吃醋一样了！这句话我们也从先生那里听到过。我来说，这样就不会给夫人您脸上抹黑了。（美喜叹了几声气后，终于开口）“朱安不是嫁给了我，而是嫁给了我母亲，她只是母亲的儿媳。”

广平

谢谢。

广平伸出手来握住了美喜的手。美喜也伸出手来握住广平的手。

须藤

先生既然这么说，那为什么还要说自己“对不住朱安”？

奥田

我也觉得不可思议。

四个人几乎同时说。

广平

先生和那个女的根本没关系。

美喜

关于北京妻子的话题就到此为止吧。

须藤

我这个主治医生也是不得已而为之啊。

奥田

作为一个鲁迅文学的爱好者我还想多知道一些先生的情况。

正在这时完造飞奔进来了。

完造

须藤医生的医院出事儿了。

须藤

怎么了?

完造

刚刚，你们医院的一个伙计打来电话了，说请您马上回去。

须藤

出什么事儿了?

完造

听说是居留民团的人正在砸你们医院的门窗呢。看那架势说不定还会烧房子呢。

须藤

我那五十本德国《医学大全》要是给我烧了，可就糟了。

完造

那你就赶快回去吧。

奥田

我用我的帕卡德送您。还能快一点。

须藤

那,谢谢你，先告辞了。

刚要退场，又马上返回中央，广平和美喜一愣。

须藤

要原谅鲁迅先生。还要多多鼓励鲁迅先生。

正说着的时候，光着脚穿着拖鞋、卷着裤腿的鲁迅登场了。看着须藤、奥田、美喜，还有广平，歪着脑袋。

鲁迅

……对不起。

完造

啊，先生你连脚都没擦干……

鲁迅

(后退一步)真不好意思，老给您添麻烦……

须藤慈祥地走到鲁迅身边。

须藤

（扮成藤野先生）以我和你的关系，让我还是叫你周树人君吧。听说我当时作为分别纪念送给你的那张我藤野严九郎的相片，你一直挂在书房的墙上，谢谢，非常感谢你。

鲁迅

（充满恐惧的脸上浮现出一丝对往昔的怀念）……先生。

须藤

周君……你认为比发现病人的疾病、给病人治病更重要的是去发现人们思想的病。这种想法很有道理。我决定给你及格了。

鲁迅

您真给我及格……！

须藤

这种想法，如果你是在听我的课的时候产生的话，我为此而骄傲。这是因为我为世间培养出一个可以医治人类思想的“医生”。

鲁迅

这么说您原谅我了？

须藤

以我们俩的关系，不存在什么原谅不原谅的问题，周君，你要好好地听医生的建议赶快治好病，健健康康的。祝你文章越写越好。有时间再到日本来玩儿。

须藤把奥田推到了鲁迅的面前。鲁迅又是和往常一样向后退了一步。

奥田

（扮成“洛文等喜爱鲁迅文学的青年”）我有事想向先生请教一下，特意来拜访先生的。

鲁迅

（颤了一下）……

奥田

我们只是觉得我们现在生活的地方简直就是地狱，我们想改变这种现状，将这个世界变成真正的人的世界，因此才拿起了笔杆子作为我们的武器。这种命运是我们自己的选择。并非是先生您决定的。

鲁迅

（极力想从混乱的脑子中找到一丝头绪）……

须藤把奥田拉到自己的身边。

须藤

处方上开的药量太强了。

奥田

药还是开全点儿比较好（一边催着美喜等上前安慰先生）。我现在去发动车。

一边暗示须藤快一点，奥田跑了出去。

须藤

（对着美喜等）你们知道该怎么做了吧。不要急，一定要对先生和气。广平夫人，你的角色很关键。

广平

（点头）……

须藤

我把居留民团的一伙人赶走后就马上回来。

须藤一边观察着鲁迅一边往后退，然后走出去了。鲁迅好像还沉浸在对往事的回忆中，突然追着须藤跑了一两步。这时美喜过来了。

美喜

（扮成秋瑾）周树人君。

鲁迅

（要昏厥过去了）……啊。

美喜

我性子急，又比你们大好多，所以先打了革命的头阵。那些真正能改变世道的仁人志士，恐怕要比我们晚好多辈才会出现，所以，你现在正值壮年，又是一个有着不屈不挠的精神的人，由你来继续我们的革命事业并将它传承下去，这种承前启后的工作非常重要，如果你们没能很好地发挥作用，我们这些革命先驱所流的血就变成无谓的牺牲了。可以这样说，周君，你活下去的意义太重要了。

鲁迅

……今晚的秋瑾前辈你像变了一个人似的，太心平气和了。我一直担心你会再给我一刀……

美喜

想要将世道改变，仅靠一代两代人的努力是不够的，我在死之后，才认识到这一点。你要健健康康地活下去。

美喜拽着正焦急地等着和鲁迅先生对话的完造的手，从左手门走出去了。

完造

你也得让我跟先生说几句吧。

美喜

你今天一天不是一直都在和先生说话吗？

美喜推着完造一起退场了——另外，鲁迅登场的前后正是逢上十六的月亮。广平下定决心走到鲁迅身边。

广平

（扮成朱安）老爷，广平是个什么样的人？

鲁迅

这……不能说！

广平

我并非想和她争风吃醋。我也算是抬着红轿子被娶到周家来的……（叹了口气）正夫人。老爷您……不管是想添二房还是想纳小妾，我都不会介意的。大老婆为家里，二老婆、三老婆为自己，在这个国家已成了一个不成文的规矩。所以我朱……朱安承认广平了。（从另外一个角度来看，对自己说的话稍微感到了一点儿后悔）对，我认可广平。即使广平说“不认可我”，我也认可她。

鲁迅

……抱歉。

广平

老爷您不需要说抱歉。她也是你明媒正娶的。我不能只顾操持这个家，作为正夫人的我必须对整个家的事、对丈夫的事全面了解。就仅仅为了这一点我也想了解一下广平，她是一个什么样的人？

鲁迅

她生在南方，是广东人，是一个大家闺秀。很勤奋认真，很纯朴。

广平

听您这么说人很不错啊。

鲁迅

在帮我校对稿子这件事上,(一边注意着广平的表情)……也很出色，校对的工作几乎都是她在做，我所有的书的校对都由她全权负责。有人敲门的时候她总是先打开窗户，尽量把客人挡在门口。万一出现紧急情况的话自己就会挺身而出做我的“防弹衣”。

广平

真不错啊。

鲁迅对“朱安”的大度感到愕然。

广平

还有呢?

鲁迅

……还有，一起外出时她从不跟我并排走。她总是和我保持一样的速度走在马路的对面，以防万一我被逮捕的话，她就可以装成素不相识的人，迅速地逃离现场，跑回家把危险的稿子、书信销毁。为此我们外出时她总是和我保持一定的距离。(思考了一下决定说出来)因为家里还有孩子，所以她说我们俩不能都被逮捕……

广平

我越来越觉得她人不错啦。

鲁迅

(从内心深处感到懊悔)……以前我错怪你了。

广平

您这是怎么了?

鲁迅

你太宽宏大量了，你真是一个虚怀若谷的人。朱安!

广平

(心想：这不是在为虎傅翼吗?)……!

鲁迅

而我对你这么一个宽宏大量的人干了这么多蠢事。而且一干就干了二十八年之久……我根本就不配做人。

陷入极度痛苦的鲁迅，跪倒在“朱安”的面前，敲打着床。广平感到很担心。

广平

老爷您……!

广平正要将鲁迅搀扶起来，鲁迅却爬着躲开。

鲁迅

你听我说。你做的饭我一筷子都不想动，我只要知道那是你做的饭，就会编出各种理由，比如“肚子疼”“已经在衙门和上司一起吃了”“还有要赶的工作”等，宁可躲在自己的房间里偷吃饼干。

广平

先生您并没那么“坏”……

鲁迅

你别再袒护我了。一到冬天你就开始给我做棉裤，我估计着你快要做好的时候，我就到商店里去买一条，故意穿上在你面前炫耀。你大概为我缝了几十条棉裤，我连一条也没穿过，都浪费了。

广平

先生，我才不相信您会干那种事儿！

鲁迅

请不要再为我开脱了，那次你得了感冒卧床不起，我抽屉的最里边放着个早就干巴了的奶油面包，本要扔掉，但转念一想却又蒸软了给你吃了，可你却感动得热泪盈眶，对我说：“嫁到这个家我嫁对了，真的是很幸福。”可我却把连狗都不看一眼的过了期的面包给你吃了……

广平

（自己好像真的是朱安了）这也太过分了！

鲁迅

我心里却没感到一丝不安。

广平

（敏感地）为什么？

鲁迅

我一直认为你是那个旧时代的一个代表。和你订婚时，我在南京的宿舍里给母亲写了一封信“请求母亲代我提出两个条件”。一是，不要再缠足了。二是，在我去日本期间，你也得去上学学些读写能力。可你呢，缠足倒是不缠了，但终究还是没去上学……

广平

那个时代女人是不能去学堂的。

鲁迅

这我知道。稍微想想，就能感觉得到那实际上是在为难你呢。可是我瞧不起你，我认为你是封建余孽的代表。深信否定你就等同于否定这个封建时代。所以对你做再过分的事情，我心里都没有丝毫内疚感。

广平

你唾弃旧时代的心情我非常明白。但我不明白您为什么能接受旧时代的“包办婚姻”。那是为什么？

鲁迅

（痛苦地呻吟）……还不是为了钱。

广平

钱……？

鲁迅

你可能不知道吧。你娘家承诺出嫁时能带来数目不少的一笔钱。这样我们家借的债也就能还上了，我在日本也能买书了！最重要的是留学时间还能够延长。六年，七年，八年都可以！

这一回是广平崩溃倒在了地上。

鲁迅

只在结婚那天晚上，我们过了一次夫妻生活，从那天起二十八年了，我碰都没碰过你一下。

广平

您太残忍了……！

鲁迅

是，我的确太残忍了。新婚夜是合法的强奸，此后的二十八年又成了合法的虐待……

广平

（好像要吐血）您太残酷了……！

鲁迅

（真心诚意地）对不起。我从来就没想过你也有宝贵的一生，也没想过给了别人痛苦自己也会痛苦。是我让你这么多年来一直守活寡……

广平

朱安太可怜了。

鲁迅

对不起。

广平

我现在真的不知道该不该原谅先生您了。

幕已经开始下降了。

第二幕

四　信和名片

半个月后（确切地说是十七天之后）的下午五点，上海商业电台的新闻广播。播音员（平时熟悉的男播音员的声音）现在播送下午五点的上海商业广播新闻。据今天上海商业局公布的上个月即八月份的数据显示，上海市的妓女的总数已达到了两万五千人。据统计上海现有人口三百万，也就是说居民中每一百二十人中就有一个人，以在夜巷里卖春为生。她们的平均年龄为 17.8 岁，最小的仅有 7 岁。另据数据显示，她们的客人中居第一位的是日本人，其次是法国人，接下来依次是中国人，英国人。

舞台明亮了，西边出现了晚霞，天空中挂上了一轮镰刀般的月牙。广平在桌子前边整理着一大堆书信。现在正拆着的是一个叫李秉中的人来的信。广平越读越兴奋。广播里的新闻还在继续播着：

对于这次调查结果，市商业局长这样解释道：这就更证明了上海是世界第一的娱乐都市，谈到娱乐是觉得很难受，但说到世界第一也不能不感到一丝的骄傲。下面详细介绍一下 7 岁的法租界的妓女丽花的生活和我的一点点感想。在这个节目播放之前插播一段治疗背痛的奇效药的广告。

广平关上收音机，边跑向左手的门儿，边说道。

广平

先生！……对了，先生和儿子在楼下睡觉呢……（这时，从楼下传来美喜叫“广平”的声音）美喜夫人，你读一下这个！刚刚收到的书信中，夹着一封不得了的信。写信人是国民党军官学校教官李秉中。（对着从楼梯走上来的美喜）这个小李，先生在北大时教过他，成绩特别好，但家境贫寒，先生曾资助过他，李君这样在信上写着。

美喜手里也拿着一张明信片一边笑着走上来了。但广平却一点儿也没注意到。

广平

（给美喜念着）“我做宪兵队长的朋友悄悄告诉我，只要写上海内山书店转周树人的信，就能转到先生手里，于是我一边写信一边祈祷着这封信先生能收到。先生，在国民党中也有不少您的追随者。这些人通过各种渠道向政府高层说情，最近政府要人终于答应了。先生如果能到国外的话，国民党特务机关将不再通缉先生了。我们现在正在伦敦、巴黎、纽约等地寻找可供先生避难的场所。先生，现在上海很危险。请去一个安全的、可以更好地工作的地方吧。先生请把您现在的想法告诉我……”

美喜

你不觉得镰仓更安全吗？

广平

镰仓……？

美喜举着那张明信片在广平的眼前晃了晃。

美喜

明信片上的画儿是镰仓的大佛。这张明信片是三个人合写的。邮戳上的时间是一个星期前。

广平

三个人？！

美喜

对啊。这明信片上不是写着被驱逐出上海的三人吗。这圆圆的字一看就是我们家老头子的字。

广平

三位先生都还好吧？

美喜

（一边点点头一边念）“在巴尔的摩时参加过拳击俱乐部的经历可把我害惨了。我竟然把三个正在砸须藤医院的居留民团干部的门牙打掉了二十一颗之多，我真是太蠢了，真后悔，后来还把骑着自行车赶来的完造先生也牵连进去了，真是太对不住了。鲁迅先生就拜托你们了。奥田。”而真正触怒居留民团干部的是奥田先生对居留民团干部们的痛快淋漓的斥责。

广平

“不就是前门牙掉了吗，有什么好哭的。”

美喜

“我免费给你们治疗哟。”由于这一句话把上海领事馆也逼出面了。

广平

（有点儿着急了）美喜夫人，快念。

美喜

（读信）“我们刚接到领事馆发来的要将我们驱逐出上海二十天的通知时，脸都吓白了。但是转念一想，能得到一次回日本的机会，现在却觉得因祸得福了。须藤医生的哥哥经营的镰仓医院规模相当大，现在我们三个人一起住在须藤医生哥哥家的旁边的房子里，昨晚儿看见了狸子，今天早上又看见了栗鼠。鲁迅先生的事儿就拜托你们了。完造。”

广平

（点着头）须藤医生说了些什么呢？

美喜

（读信）“我再重申一下出发前的话，鲁迅先生的身体状况哪怕有一丁点儿的变化，也要马上与上海富民医院的松井博士联系。我已经把先生的病情大致和松井博士说了，他一定会尽全力帮我们的。我现在和奥田君分头在寻找适合先生的治疗方案，但是现在看来最佳的方案还是让先生先到镰仓来再慢慢地调养。这里冬暖夏凉，又有很多好的疗养院和医院，详细情况回去后再说。须藤。”看来，镰仓还真是个合适的地方。

广平

（正在思考）……

美喜

这封信再加上这张明信片，这也许就是天意吧。

灯光慢慢地变暗。

五　失语症

五天后的下午四点

鲁迅

好像是这东西把我的病治好的。

鲁迅一边说话灯光也从暗到亮。穿着旅行装的须藤、奥田、完造三个人正在听鲁迅说着什么。鲁迅摸着人体骨骼模型的右手。

鲁迅

当然(！)各位先生为了我能恢复健康，呕心沥血，这我也是知道的。美喜夫人和广平把详细情况都告诉我了。我自己也隐约地记得一些片断，我只是说使我恢复正常的直接原因是这只只剩骨头的右手。(重整声音)你们可回来了。须藤医生，奥田医生，还有完造君，真谢谢你们。

三个人都风尘仆仆，一脸疲惫，见到椅子就坐了下来。桌子上还摆着信件，广平还没来得及整理这些信件呢，他们就回来了。

须藤

（对着鲁迅）请您把人物误认症治好的前后经过给我们讲一下好吗？为了以后更好的治疗。

鲁迅

（点点头）就是你们写的明信片寄到的第二天，也就是四天前的那个晚上。

完造

正好是我们三个人坐夜车从东京出发去神户的时候。然后第二天的正午登船，乘大洋号只用了四天三夜，也就是在一个小时前的下午三点就到上海了。先生，上海和东京，又近了不少啊。

须藤

（制止住完造继续讲下去，对着鲁迅）先生，四天前的晚上究竟发生了什么？

鲁迅

突然内急。

奥田

这是拉肚子的文明式说法。

须藤

（制止住奥田）后来呢？

鲁迅

重新回到床头时，刚走了两三步，突然感到一阵头晕。

须藤

头晕，是不是那种眼前变黑的感觉。

鲁迅

正如您所说，眼前突然漆黑一片，但意识很清晰。

须藤

这是心律不齐引起的头晕的一种。头晕也分好几种，另外还有“好像不停地在旋转的头晕”“好像是脚下晃晃悠悠的头晕”。那种在不停地转圈的感觉，一般多开始于中耳炎、内耳炎、突发性听力障碍等耳部器官的疾病。特别应该注意的是，感觉人要飘起来，脚下晃晃悠悠的头晕，一般是脑肿瘤、脑血管病等，脑障碍引起的是脚下像踩着棉花似的头晕……

完造

（制止住须藤医生）那后来呢？

奥田

后来怎么啦？

鲁迅

我猛然抓住了这家伙（人体骨骼模型）。这时你们猜怎么了？这家伙的右手砰地在我的头上敲了一下。……清醒过来的时候眼前是广平君的脸，广平君的身后站着美喜夫人。

须藤

您得人物误认症期间发生的事儿您还记得吗？

鲁迅

还记得。但是和得了急性肺炎发高烧时一样，记忆是断断续续的，感觉见到了很多自己一直惦记的人，后一刻却又像是在北京的家中生活的那一段。（对着奥田）你说“我是上海最好的牙科大夫”我还清楚地记着呢。但之后的记忆就开始模糊了，都是断断续续的。

奥田

（很心虚，缩成一团了）……

须藤

病好后，您感觉有什么变化吗？

鲁迅

您的意思是？

须藤

比方说，身体状况，再比方说，心情。

鲁迅

病好的第二天，很少有的当太阳升起的时候我就醒来了，不经意地打开窗户（临着大街的窗户），太阳的光芒源源不断地输入我的身体里，这是我有生以来第一次想要拥抱太阳。我从小就喜欢月亮，那种感觉要远远超过太阳。今天我这是怎么了？

须藤

（对着奥田和完造）这是先生有了活下去的意思了，那个怪物，自杀的念头从先生的心里消失了。

三个人一起欢喜起来。

鲁迅

……？怎么了？

奥田

先生背在心里的债已经还完了。

鲁迅

内心的债务？

完造

大家帮先生把欠下的债都一笔勾销了。

鲁迅

我更不明白了。

须藤

关于这件事儿以后有机会我再跟您详细地解释。（改变声调）先生，藤野先生的近况了解到了。

鲁迅

……！

须藤

奥田君专门去仙台调查了一下。

鲁迅

他还好吗？不，一定很好。他应该是比我大六岁，还没到六十，还没到老的年龄。

奥田

他很好，可是，先生在很久以前就已经离开仙台了，听说先生在其出生地福井的山村里的一个诊所做医生。

鲁迅

是这样的啊，很想再见到他。可是，仙台的医学专门学校现在不是变成东北帝国大学医学部了吗？医学部的教授为什么到山村里的诊所去了呢？你知道为什么吗？

奥田

（点点头）藤野先生其实没能当上医学部的教授。

鲁迅

为什么？

奥田

听说是因为学历不够。

鲁迅

学历不够？

奥田

（点点头）仙台医专升格为东北帝国大学医学部，是在十九年前的1915年，与此同时，医专的老师们也都成了医学部的教授。可是藤野先生既不是东京帝大的毕业生，又没有外国留学的经历，而且也没有博士学位，最重要的还是因为先生出身于爱知医学专门学校，据说就是因为以上这些理由被辞退了。

鲁迅

太那个了……！

奥田

另外，藤野先生不会要政治手腕。也就是说学校领导们不太喜欢他。

鲁迅

尽管如此，但我们学生都很喜欢他。

奥田

最后先生还是因为这些事儿，回到了他的老家福井。

鲁迅

（往远处望去）先生现在在福井啊……

须藤

（把身子凑近鲁迅先生）在神户下了船，当天晚上你就又可以和藤野先生促膝长谈了。

鲁迅

……真的吗？

须藤

我们三个已经为先生去日本疗养安排好了。的确，先生的内心已恢复正常了。可是您的身体还需要进一步调养。听我们的安排好吗？这样也可以和藤野先生重逢了。

奥田和完造明白了须藤这一作战方针。

奥田

这是和藤野先生重逢的最佳方案。

完造

对，再也没有比这更好的方案了。

鲁迅

你们说的是明信片上写的去镰仓的事儿吧。

三个人同时都点头。

完造

把明信片发出去后我们（就在日本着手开始准备了）在各方的支持下，很快就准备好了，于是就提前回来了。

须藤

先生您可千万不要再耽误治疗了。首先是心脏需要治疗，另外还有肠道。

奥田

还有牙。

须藤

还有肺。

鲁迅

（大家都说得很对）对。

须藤

还有胃。

完造

您还可以好好写小说。

鲁迅

（又说中他想说的了）是。

美喜

让大家久等了。

美喜和广平走进来开始给大家倒啤酒。

美喜

啤酒还不怎么凉，我已经把店给关了，这样你们就可以慢慢地喝了，另外我还让万云楼的厨师万成师傅五点来给我们做菜，大家再忍一下吧。

广平很快地把桌子上的信件收拾到床上，突然其中的一封信映入眼帘，脸色一下子变了，这将在以后的第六部分中做详细介绍。原来是北京的朱安来的信。美喜和完造正在往杯子里倒啤酒。

美喜

广平，过来干杯吧。

广平

什么？……哦，来了。

广平把信揣进了口袋，回到了桌子旁边。

完造

那么，我们为鲁迅先生终于治好了讨厌医生的毛病而干杯。

须藤

（对着鲁迅）先生您可不能一口气干了啊，要不您的胃就会马上闹革命喽。您就把这当成温热了的日本酒一点一点地喝吧。

鲁迅

知道了。

完造

那么……

六个人正准备碰杯的时候，房子里边的玻璃窗户被打破了。一个用半张纸包着的饭团大小的石头从街道上穿过外侧开着的窗户，被扔了进来。须藤一个箭步上前把鲁迅挡在了身后。

须藤

国民党？！

奥田摆起拳击的架势把美喜和广平挡在身后。

奥田

多半是国民党！

美喜

可，最近我感到国民党的拘捕稍有缓和了呀！

完造匍匐着爬到了临街的窗户边儿，小心地从窗户往大街上张望着。

完造

……没人啊！只有卖酸梅汤的老陈和在大街上给人看牙的高大夫。

须藤和奥田也走到窗户旁边向大街上来回张望着。

完造

喂，陈师傅，高大夫，就在刚才，二楼扔进来一块石头，看到了是谁扔的吗？

二个人分别回答道：
“刚才一直在打盹儿。”（陈师傅）
“对不起，没看到。”（高大夫）

完造

这两位总是在那儿打盹儿，所以客人都跑了。一会儿给你们做好吃的，到后面来吧。不是现在，是过一会儿，月亮正好在天空中高高挂的时候。

这当儿，美喜和广平警惕地靠近那块石头（扔进来的东西有可能是手榴弹什么的），小心翼翼地看了又看，发现是一张写着字的纸，于是她们把纸摊开读了起来。

美喜

是日本人，是居留民团的人扔过来的。

她们叫着窗户边儿的三个人，并把那张纸给鲁迅看。完造等三人回来，鲁迅念起了那张纸条。

鲁迅

“上个月二十八号，上海总领事同意了我们日本上海居留民团的请求，对你们应该做了如下的警告。即‘从八月三十号开始到九月十八号的二十天，你们三个人不得居住在上海。可是今天才九月十六号，你们就返回上海来了，提前了两天。我们知道你这个国民的败类和中国的特务医生，还有对我们动过武的牙科医生在一起。对了，还有奥田的丑闻……’”

鲁迅停下来，不读了。奥田接过纸继续读。

奥田

“……我们还知道奥田的丑闻。如果奥田不想让我们把这一丑闻传出去的话，就马上离开上海，中国的局势一天比一天紧张。我们日本人现在才真正需要团结在一起，效忠于天皇。你们几个却是破坏我们团结的败类。你们要深刻地反省自己，到别的地方去度过这最后的两天吧。以上。是上海居留民团同仁的一致呼声。另外，奥田你也是个彻头彻尾的冒牌货。”

房子里突然寂静了片刻。

须藤

……他们是不是在说那件事啊。

奥田

可能是吧。

鲁迅

哪件事？

完造

就是奥田医生的妈妈是中国人的那件事。

鲁迅

是吗？

美喜

我就猜到了。奥田医生不论是穿着还是动作，总觉得有什么地方不像是日本人。

广平

那，您母亲是哪儿的人啊？

奥田

上海人。她是日本纺织工厂的一名纺织女工，后来从日本来了一位年轻的技师，这位技师就是我父亲。这并非什么不可告人的秘密，只是没跟大家公开而已。这伙人真无聊。

说着奥田把那纸条使劲揉成一个小团儿，扔出了窗外。美喜和广平开始收拾飞落到地上的玻璃碎片。

奥田

啊，对了，居留民团的“仁人志士们”说的可能是那件事吧。（朝着须藤和完造会意着）正如大家所知道的，在中国有钱人都会娶两三房小妾的，有钱的人就一定要有妾。我母亲年轻的时候，这种现象尤其严重。纳妾的方法说起来也真是草率，比如四川都督府都督尹昌衡将军，每天在街上巡回，据说骑着马物色女人，只要有看上的女人，不管是黄花闺女还是有夫之妇，当天晚上就派副官把人绑走，这就是二十年前的中国。绑架我母亲的是上海的银行行长，母亲去银行准备把最后一元钱取出来的时候，被刚好在那的银行行长看上了，说这话可能玷污了母亲祖国的形象，但中国在这方面的确不好。

完造

居然发生了这种事，你父亲能容忍吗?

奥田

父亲在母亲被绑架的两年前就在上海病逝了，他只好容忍了……

完造

原来是这么回事。

奥田

父亲死于肠结核。母亲带着十岁的我去投奔父亲的哥哥。伯父在东京的上野经营一家卖佛龛的店。他气势汹汹地散布谣言说："我从来不知道我有一个又脏又爱骗人，而且还没有国家观念的中国亲戚。"……我并不是想说父亲的祖国的坏话，日本人看中国人时，为什么总是要带有歧视性的眼光呢?

须藤

日本有各种各样的人，中国也有各种各样的人。对日本人也好，对中国人也好，一概而论的观点我是不能苟同的。

完造

好了好了……（把须藤的话制止住了，脸转向奥田）后来呢?

奥田

回去的时候在上野看到的樱花非常美丽。在这之后的第二年，母亲被银行的行长给绑架了。

美喜

您母亲一定非常漂亮吧。

奥田

挺漂亮的，而且因为那时正好得着肺结核，总是在发低烧，所以脸上总带着一丝红润，一眼望去还觉得是健康的红润呢……

须藤

那足以以假乱真了。

奥田

当母亲预感到自己快不行了的时候，她恳求行长给我提供学费。就这样，二十六年前，在一个秋高气爽的早上，一个少年坐上了美国汽船，离开了上海。……这就是我的前半生，他们却叫嚷着要把我的丑闻传出去，这也算丑闻吗？

完造

那，您母亲还是……？

奥田

（点了点头）也就是活了一年吧，三十一岁时，母亲就走了。（依着窗户）我依然崇敬做了妾的母亲。……永远爱着她，这难道有什么错吗？

奥田由于情绪过于激动而站不起来了，蹲坐在走廊上，须藤和完造扶他起来。鲁迅、广平、美喜凝然伫立着。奥田一边说他没事儿，感谢大家对他的友好，一边站了起来，又回到了鲁迅的面前。

奥田

对不起，让您受惊了。（脸上的表情和声音都恢复到原来的样子）先生，我们去一个既没有国民党，又没有居留民团的地方吧。一切都安排好了。

完造

（点点头）须藤先生的哥哥是镰仓医院的院长，已经跟他说好了，把他们家的侧房借给您。那侧房的前面是院子，后面是狸子和栗鼠生活的深山。那里的确很安静，是一个能好好休息的好地方。附近还有幼儿园和小学，也不用为海婴发愁了，而且房租一个月就一日元。

鲁迅

一日元？仅……？

须藤

我也准备在哥哥的医院帮忙，所以这对我哥哥来说也不是件坏事儿，哥哥明年就六十五岁了，自己一个人经营这么大的医院，的确很累。

美喜

那须藤医生您这儿的医院怎么办呢？

须藤

可能得关门了。在某种意义上讲，我在上海的工作已经告一段落了，而且跟那伙居留民团作斗争也感到精疲力竭了，我想在自己的老家好好地休息一下，最重要的是能帮助鲁迅先生重新恢复健康。

鲁迅

（心里开始动摇了）广平君，咱们家还有多少存款？

广平

可能还不到一万日元吧。

鲁迅

那，每个月的花销呢？怎么办？

广平

生活费二百日元，先生您的购书费是一百日元。给北京的母亲和朱安的生活费是一百日元……差不多，一个月有四百日元就足够了。

鲁迅

如果在镰仓也是花这么多的话，还是能坚持一阵子的。

完造笑嘻嘻地听着鲁迅夫妇的对话，一边摆了摆手。

完造

有我完造在呢，先生，我已经与改造社在商量出版《鲁迅全集》的事儿了。全集一共七卷到八卷，封面是布封面，怎么样？

鲁迅

布封面，真有你的。

完造

可以吧。先生您只要答应了，他们就马上开始准备。我已经向他们提出来了印花税的问题，最低要保证在两万日元，这也说得过去吧。

鲁迅

真有你的。

完造

还可以吧，我也准备在东京搞出版工作，可能要搞一个改造社的子公司什么的。总之，东京内山书店将隆重出版它的第一部出版物，那就是一共四十七卷的《中国古典文学全集》。现在日本上下都注目中国，我想出这部全集不会亏的。

美喜、鲁迅、广平三个人都哑口无言了。

完造

也就是说我打算和先生您一起去。住的地方当然也是在镰仓。(然后对着不知所措的美喜)当然，夫人您永远是跟我在一起的喽。

美喜

这儿怎么办？上海的内山书店怎么办？

完造

交给徐波君吧。

美喜

我们的客人们会感到不适应的。

完造

这我知道，但是，一有什么事儿就被居留民团的一伙人叫做中国人的狗腿子的日子，我已经受够了。

美喜

……

完造

等一会儿我也要听听你的想法。（随后压低声音）请给我一次决定事儿的机会吧。

美喜

……那好吧。

美喜似乎受了很大的打击。广平搀扶着美喜。

奥田

鲁迅先生，您知道镰仓有几家牙科诊所吗？

鲁迅

……嗯？

奥田

我查了一下电话簿，竟然有三十八家之多。其中，医生只有一个独生女的诊所你知道有几家吗？

鲁迅

我不知道。可……

奥田

有三家。一家的女儿还只有四岁。还有一家的女儿已经有未婚夫了。就算我条件再好也不能做个第三者。

鲁迅

你到底想说什么啊？

完造

先生您还是忍着听下去吧。

奥田

剩下的最后一家有一位老处女，虽然是牙科医生的女儿，却长着一口参差不齐的牙。听说就是因为这个原因才一直没找上婆家。我一直在等待着傍晚下雷阵雨，终于有一天等待已久的雷阵雨来了，机会也就来了，我浑身淋得像一只落汤鸡似的在雨中走着。然后到那家牙科医院的屋檐下避雨。

奥田说着把绑在他皮革旅行箱上的油纸伞刷地一下撑开。油纸伞上写着“镰仓小町街 五十岚牙科”。

奥田

这就是那天那个女孩子借给我的那把伞，下次我就准备带上在法租界买的香水去还这把伞，这样她也就终于迎来了她迟到的春天。

完造

也就是说你宁可做牙科医院的上门女婿，也要把鲁迅先生的牙治好喽。

鲁迅

你这个计划有点儿太夸张了吧。

须藤

奥田所说的话，是一定能做到的。

奥田

先生，我们到日本避难的行动计划已准备就绪。

完造

不需要花一点儿钱。

须藤

哥哥家的侧屋是朝南的，请住在那儿吧。

鲁迅

（深深地向须藤鞠了一躬）谢谢。

这时，突然广平一声尖叫，那声音像抽响的鞭子声。

广平

先生您那样做的话国民党的杀手就会越来越多。

鲁迅

你的意思是?

广平

蒋介石的杀手们就会放出狂言:“看,稍微吓唬一下,像鲁迅这样的人,就害怕起来了,就要逃到国外去了,知识分子就是这么好对付。”

鲁迅

我怎么能把自己的国家抛弃呢?

广平

总之,先生您要是屈服于杀手的话,那么这些杀手就会越来越放肆。先生您如果现在想放弃您一直以来的作风,不管遇到什么事都不离开自己的书桌,那些阴谋家一定会说:“鲁迅一直宣称:视金钱为粪土,不惜一切代价,为解放贫苦百姓的思想而努力,为百姓的幸福而奋笔疾书。结果怎么样,最后还是被个人的利益所奴役,他与其他的知识分子也没什么两样。”

鲁迅

(哀求的样子)不要再说了……!

广平

如果先生您被那样说了的话,那就太让人遗憾了。

美喜握着广平的手，正视着前方。

美喜

我现在很犹豫，先生去镰仓的话，我们这个店就得交给别人，即使这样，我还是赞成先生去避难的。那伙人也许会一时举杯庆祝："鲁迅终于逃跑了，干杯！"但是，那伙人在干杯的时候，他们会想起先生那双锋利的眼睛。

广平

这我知道，可是美喜……

美喜

我觉得不管先生在天涯海角，那伙人一想起先生，每时每刻都在用他那双锋利的眼睛注视着他们，他们就胆怯了。所以先生您只要专心地工作，更多一天地存在人间,就是给那伙人最好的"回报"。这样的话，稍稍离开一会儿您的书桌是必要的。

完造

（给美喜帮腔）镰仓的侧屋里也有书桌。那张也是很气派的紫檀香木的大桌子，和这张桌子差不多。

美喜

（不管完造说什么，美喜对着须藤和奥田说话）收到你们的明信片的同时，我还收到了一封叫李秉中的国民党军官学校的教官的来信，是写给鲁迅先生的信。这个李先生曾经是先生的学生，当然也是鲁迅文学的爱好者，在李先生的活动下，国民党政府某高官同意"不阻挡鲁迅出国避难"。（然后对着广平说）那个高官会马上领悟到

“不管把鲁迅赶到哪儿，他的眼睛也让人肃然起敬”的事实，在那些家伙还没有意识到这一点之前，先生还是请您赶快去镰仓吧。

广平

可……

美喜

怎么了？

广平

实在对不起大家，避难的地方偏偏又是日本……我心理上有抵触感。

须藤

夫人，日本也有各种各样的人啊。

完造

对呀，您知道先生的书第一版发行部数是多少吗？顶多两千册吧！

广平

……嗯。

完造

改造社准备要出版的先生的全集第一版的发行部数每卷为一万册，能发行这么多册的地方，你到世界的哪个地方去找啊。

奥田

这说明在日本有很多鲁迅的支持者。

广平

……

美喜

过去以后你不会感到寂寞的，我也和完造一起去。

广平

我有点儿胡搅蛮缠了，实在对不起。

除了鲁迅，四个人，都松了一口气。

美喜

啤酒一点都不凉了，我再拿些冰镇的来。

完造

再来点儿下酒的菜。

美喜

知道了。我去给你们弄点儿来。

美喜和广平把桌子上的垃圾先收拾了，拿出去了。

鲁迅

（不久就开始嘴里叨咕）不是胡搅蛮缠，不是胡搅蛮缠，绝不是胡搅蛮缠……

三个人都吃了一惊，看着鲁迅。鲁迅开始小声嘀咕，后来突然提高了嗓门。

鲁迅

（声音清晰地说）不是胡搅蛮缠，广平君不是在胡搅蛮缠。我在这儿，就是内山书店避难期间，我写了这样一篇杂文：“我们中国就像一个愚昧无知的家族，这个家族没有一个成员知道自己家有多少田地财产。背着日本刀的强盗想霸占这个家园，家族里的人就给强盗们赠送财产，这家的主人却不知其中的道理，当强盗把残羹剩饭给主人时，主人还感激地说：‘你养育了我们。’然而，兄弟之间却为一点点的小事就找碴，为一点点的小事就争吵，最后，拿起武器，互相残杀。这就是现在的中国。为什么，家族成员不能团结一致，赶走强盗呢？”[①]……我把话都说到这个程度了，怎么能去日本呢？（察觉到了三个人在看着他）广平的胡搅蛮缠是有道理的。

须藤

先生您错了。

鲁迅

哪儿？

须藤

全部。

---

① 段落出处未详。姑且照日文译出。

鲁迅

全部？

须藤

您难道不知道您自己有病吗？先生您去日本并不是去玩儿，而是去治病的，也就是为了恢复健康而去的。您怎么不明白呢？

鲁迅

您错了。

须藤

哪儿？

鲁迅

全部。

须藤

全部？

鲁迅

为什么人总是看重自己的身体？人类最重要的应该是精神。

完造

（在中间调停）我们取中间吧，两个都重要，你们……

奥田

（生硬地止住了）这个问题还是应该好好讨论一下为好。

鲁迅

您说我这个躯体值多少钱？不就是个物质吗？如果把它看成化学制品的话，充其量值二三十日元。可，精神呢……

须藤

那么，把二三十日元的化学物质放在一起，能组成先生的躯体吗？

鲁迅

（被这番话噎住了）……！

须藤

已经是三十年前的事了，正好是日俄战争刚刚结束的时候，我当时是第一高等学校的学生，而先生您当时在仙台医学专门学校学习。

鲁迅

（点了点头后）可那怎么啦……？

须藤

我想讲一讲我这一生中发生的最大的一件事儿。当时我准备在大学学德国文学，为此我努力学习德语，比我大六岁的堂哥喜欢文学，在他的影响下，我也立志学文学了。有一次，德语老师用幻灯片给我们看了歌德和海涅的墓。

鲁迅

我们学校在上霉菌学课时也经常使用幻灯片。

须藤

由于剩下了点时间，老师就给我们放了新闻幻灯片。

鲁迅

仙台也是这样。

须藤

幻灯片主要是有关日俄战争的报道。

鲁迅

对，对。

须藤

然而，这其中的一个镜头改变了我须藤五百三的人生。

鲁迅

（有点儿不相信）是哪一个镜头？

须藤

中国人被斩首的镜头。

鲁迅

杀手是？

须藤

日军的一名军官。那个中国人被怀疑是俄国间谍，为儆惩众人而施了斩首刑。

鲁迅

我也看了同样的幻灯片，也是看了那个幻灯片后给了我的人生最大的一次冲击。周围被中国人围成了一圈。大家都傻傻地笑着，在同胞快要被斩首的时候，怎么能笑得出来呢。身体再怎么强壮也没用，我们首要的任务就是必须改造我们的精神。这样我就下定了决心弃医从文。

须藤

我看的幻灯片是周围围成一圈的日军的军官。

奥田和完造，都在后悔没看过那个幻灯片。

须藤

一个生命即将在这个世界上消失的时刻，日军的军官们一边笑着，一边举着一瓶酒大家一人一口地轮流喝着，我觉得不应该把别人的死作为下酒菜。我们的武士道精神到哪儿去了？然而，在幻灯片的一角上只有一名年轻的军官在双手合掌哀悼死者。我从那个军官的身上看到了日本陆军的希望。不久我知道了那个双手合掌的军官就是我的堂哥。在那之后不久，他就为国捐躯吐血而亡了。先生，精神世界不管有多么高尚，承载精神世界的躯体如果贫弱的话，什么都干不了。我就是这样弃文从医的。我立志成为日本陆军的一颗希望之星才选择做军医的。

奥田

（感动地）你们两位在文学和医学之间，又在同一个时期，选择了截然相反的道路。

完造

（百感交集地）中途没有撞到一起，太万幸了。

须藤

嗯，我们虽然志向相反，其风格是相同的，所以，我被鲁迅文学强烈地吸引着。……鲁迅先生，我曾经也有一个温馨的小家庭。我的妻子贤惠得谁也比不了，可能我带有父母的偏心吧，我还有一个既聪明又可爱的女儿，可她们俩都是身体不好，体弱多病，这让我非常担心。每每品尝着妻子亲手做的美味佳肴，静静地举着酒杯，聆听着女儿朗朗的笑声，这一幕幕对我来说都是一颗颗闪烁发亮的宝石。我当时觉得无与伦比的幸福。可是……就在十六年前，发生了一场席卷整个上海的肠伤寒。为加强预防，我在上海陆战队本部不分白天黑夜一直工作，没能回家，就在这期间伤寒袭击了我们家。突然听到这个消息后，急忙赶回去却已经晚了……先生，真的平时一点点的幸福，也需要健康来保证。更何况先生您用一支笔来使读者的心卷起波澜万丈。您认为您没有一副强健的体格，能干出大事来吗？……对不起，我有些激动。

鲁迅

您看过物理学家爱因斯坦的肖像照吗？他是一个身体很贫弱的人。可是，他靠着一股精神力量，改变了宇宙的模样。所以说……

须藤

那是因为他既没有结核病的征兆也没有大肠过敏症，所以精神才得以充分地发挥。

奥田

听说他的牙齿也不怎么坏。

鲁迅

（被这些话给噎住了）……

须藤

我们人类能够想到宇宙的那边的那边的那边，您知道那是靠什么吗？

鲁迅

那正是精神的力量。

须藤

是因为重量为1.4公斤的脑能健康地工作。

鲁迅

（又被话噎住了）……

须藤

人脑的表面积用报纸来比喻的话就一页报纸那么大，可是报纸那么大的一个东西能健康地工作的话，它能包容整个大宇宙。这一件事就足以证明健康的重要性了。先生，您不要再做无用的抵抗了，到镰仓去休养休养，治疗治疗，让身体重新恢复健康吧。

奥田

先生用各种笔名写的杂文很有意思。痛快，您用鲜明的比喻来嘲笑政府的做法，左右夹击。对于普通老百姓，您又是告诫又是鼓励。太漂亮了。可是，先生您的杂文，这样说可能有些失礼，结果却是，每天都在用笔和人吵架。神经被消磨，身体被弄坏，更重要的是才能的一种浪费。

完造

先生您不是有一句一直挂在嘴边的话吗？那就是“我想写小说，我想写一部只有我能写的小说”。

鲁迅点了好几下头，一下活力四射地来回走着。

鲁迅

在上海的夏天中的一天。时间是月亮升起的时候。在一楼年轻的母亲正在哄着小宝宝。二楼的舞蹈家放着爵士乐的唱片。三楼的阁楼没有电灯。月光把屋子里染成蓝色，一个年轻的男子得了病快要死了。在他的隔壁股票经纪人们正在大声地笑着，能听见麻将牌的声音。……那楼的旁边是一条混浊的小河。在月光下似乎可以看到动物的骨头的船上，一个小姑娘抱着死去的妈妈哭着，你东我西——人间的悲凉、痛苦、欢喜完全不能共有，每个人都像沙子一样孤独地活着，然后死去。为什么人们的心不能相互沟通呢？为了让每个人的心都能相互沟通，人类应该怎样改变自己呢？这就是这个小说的主题。小说的名字叫《上海月亮》。在镰仓我打算先写这个小说。……谢谢。我感到好像我能写出好几部小说来。（从口袋里拿出已经用得很短的铅笔和小纸片记着什么）我觉得一定能写。

三个人的手，紧紧地握在了一起。

奥田

我明天马上就返回日本去还那把油纸伞。然后再回来一趟，把医院关掉。下次再回来时，她可能就跟我一起来了。在日本打算待三天，加上往返路上的时间大概十天吧，请大家等着我。

完造

着急吃不成热豆腐。

奥田

为了一个女人我没花过两天以上的时间。不过我这次很认真地打算花三天时间。

完造

黛德丽的话要花几天？

奥田

大概也是两天吧。

完造

那现在上海最红的女演员阮玲玉的话要几天？

奥田

她啊，一天半就搞定了。

完造

什么？就搞定了。

须藤

成了五十岚牙科医院的人以后，可千万不能再做那种让你夫人伤心的事啊。

奥田

（点点头）从今往后我就一门心思工作了。

这时，只听见左手的门那儿传来杯子、啤酒瓶和小碟子掉地上的声音。弄得掉在地上的是美喜和广平。两个人也没有要捡掉在地上的东西的意思，表情非常紧张地观察着大街上的形势。

完造

怎么了？美喜。

美喜和广平，猫着身子，经过刚才被扔进来的石头打坏的窗户旁。

美喜

居留民团。

完造

居留民团？

美喜

现在密密麻麻地站在咱们店的铁叶门前。

广平

大致算了一下至少也有三十人。

须藤和奥田正准备飞奔出去，却被完造制止住了。

完造

这儿是内山书店。裁决也理所应当由我来。

然后完造用眼神示意着“你们照顾好鲁迅先生”，又命令美喜和广平撤走，自己从右手门走到临街的窗户边站住了。

完造

啊，今晚正好是上弦月。再有一个星期就到中秋节了。今年怎么一直这么热啊。

突然，传来了骂声：
“为什么早回来两天？”（很多人）
“卖国贼！”（很多人）

完造

按他们给我们的规定我们应该离开上海二十天，可是第十八天我们就回来了。可十八天四舍五入不就是二十天吗？

“混蛋！”（很多人）
“卖国贼！”（很多人）
“间谍特务！”（一个人）

完造

（突然一躲身）你还敢扔东西，你们这些臭狗屎！

美喜

不要太激动，心平气和地跟他们说。

完造

对，大家心平气和地好好谈谈吧。（回过头看看屋子里的人们）接下来说什么？说什么呀？刚才这么一气，要说什么都忘了。

奥田

先给他们打个预防针，日本人性子太急，这样不好。

完造

对，日本人性子太急了，这样不好。

“滚出去！”（很多人）
“滚出上海！”（一个人）
“你不是日本人！”（一个人）
“卖国贼！”（很多人）

完造

（大声喊道）请大家心平气和点儿。

须藤

人为什么只有一张嘴而有两只耳朵呢？

完造

为什么？

须藤

意思是人应该用自己说话时间的两倍的时间来听别人说话。

完造

原来如此，喂，诸位，人为什么只有一张嘴而有两只耳朵呢？意思是人应该用自己说话时间的两倍的时间来听别人说话。

“那怎么啦？”（一个人）

完造

也就是说……

鲁迅也帮着想词儿。

鲁迅

耐着性子听一下吧。

完造

对，让你们等了很长时间了……

鲁迅

藕不是煎饼。

五个人，都愣愣地看着鲁迅。

鲁迅

祆不是间谍。对不对，完造先生，藕……嗯？祆……嗯？

包括鲁迅在内所有的人，都打寒颤。

广平

先生您怎么啦。舌头不听使唤了吗？

鲁迅

我自己也觉得很习惯[①]。这是怎么啦？

须藤，从正面目不转睛地看着鲁迅。

须藤

先生，您别着急，慢慢重复一下，好吗？

鲁迅

（怯生生地点着头）……

须藤

我是鲁迅。请重复一遍。

鲁迅

……我是……

---

① 鲁迅本想说“奇怪”。

五个人松了一口气……

鲁迅

老孙[①]。

所有的人，更加吃惊了。传来大街上的骂声。

“怎么啦？”（很多人）

“出来！”（很多人）

“卖国贼！”（很多人）

大家按照须藤的指示把鲁迅往床上抬，灯光变暗了。

① 鲁迅本想说“鲁迅”。

六　恢复健康

时间又过了几个小时，现在是晚上九点。右边玄月开始升起（升起的高度为四十五度）。现在是上海商业电台的新闻。

播音员 ：（和每天一样的男播音员）九月十六号，玄月之夜的晚上九点。上海商业电台，这是今天最后的一次新闻广播，首先向大家介绍一下上海小姐的选拔比赛情况。一星期以后的九月二十三号星期天也就是农历八月十五，这一天正好是中秋节，为纪念一九三四年的中秋节，我们上海商业电台将举行“群芳大会”。赞助单位是上海市商业局。会场在法租界内国泰宾馆的舞池，入场券为五日元。

舞台一亮，广平就坐在桌子旁看朱安来的信。躺在床上的鲁迅看着在读信的广平。新闻还在继续广播着。

上海商业电台将把这次选美比赛所获得的收益捐赠给上海孤儿援助会。诸位的入场费和募捐金将能新建两个甚至三个孤儿院。热切期盼诸位的大力支援。据统计上海的孤儿的人数大概为十万到二十万。看着朝气蓬勃的美女们，是不是就会想救救那些不幸的孤儿。接下来就参赛者的资格做一下说明。在做说明之前先请听一下来自“吃起来好吃，收到了会高兴”的上海月饼堂本铺的广告。

从刚才开始鲁迅就发出“呜——，呜——”的让人不能明白的声音，叫着广平。广平意识到后就把广播关了。

广平

是要茶吗？先生您……

鲁迅

（摇摇头）……

广平

要坐马桶吗？

鲁迅

（摇摇头）……

广平

我把夜宵给您端来吧。

鲁迅

从刚才开始你一直在专心地图着什么呢？

广平

图？图什么啦？我……

鲁迅

（焦急起来）图，炉，奴，夺……

鲁迅焦躁地、痛苦地一边扭动着身体一边从床上跳下来，走到桌子旁手指着信。

广平

（领会到了）读吗？

鲁迅松了口气回到床上。

广平

这是北京的朱安写来的信。须藤医生、奥田医生他们都回来了。日本居留民团蜂拥而至。先生的舌头说话不灵便了。今天发生了好多事儿，好像钻到口袋里的迷路的孩子一样。

鲁迅

朱安的印上说什么？

广平

先生您别说话了。您舌头不灵便了。

鲁迅

不是舌头不淋病，而是脑子的什么地方不临别。

悔恨、焦虑、恐惧的鲁迅把头埋在床上的被子里陷入苦闷中。广平走过来安慰鲁迅。

广平

您不用太担心，须藤医生不是说了吗？

鲁迅

但是，文学工作者的生命就是日元。

鲁迅又陷入苦闷中。广平，马上来救援。

广平

您想说“语言”吧……？

鲁迅

（点点头）而它正在从我的身上消消消消消消失（又陷入苦闷中），我除了点心[1]这个以外还能点心什么……啊……！

鲁迅这次把被子蒙在头上颤抖着。

广平

（一边摩挲着鲁迅的背）为了找到能治好先生您的人物误认症的医生，须藤医生在日本找了很多专家求教。其中有一位是东京帝大的教授，他这样说道：“人物误认症有时会有单词发错音的时候，有时还会出现失语症的情况。”须藤医生想起了这件事，明天他就打算回日本，他说无论如何要请那个教授来给您治疗。不要担心了。有我在呢。而且还有大家呢。

鲁迅

实在给大家添麻烦了。添米饭，治麻风……，拾马粪（添麻烦）

---

① 鲁迅本想说“担心”。

鲁迅又陷入苦恼中。

广平

请不要再说话了。每一次您舌头不听使唤，就使您心里感到撕心裂肺的疼。好了，我给您念朱安的信吧。信上说，我们可能会再有一个孩子了。

鲁迅

又要托一个孩子。

广平把食指立在嘴唇上，让鲁迅不要说话。然后开始念朱安的信。

广平

"广平，谢谢你的信。我让住在我们家附近的一位大学生给我读了好几遍，然后让这位大学生帮我写了这封信。广平，我做梦也没想到你能给我写信。所以刚收到你这封信时，我想这封信不是骂我的信，就是要把你们每个月给我们寄的钱减少的信。所以我把这封信在桌子上扔了两天，不敢拆开。可是读了以后，才知道这是一封老天爷在给我活下去的力量的信，真是太激动了。我一直以为先生从来都很讨厌我。我好像觉得自己是为了让大家讨厌而来到这个世上的，所以我一直很悲观。可你的信上说，先生一直觉得对不起我，说我可能不会原谅先生，但恳请我原谅先生。哪儿的话，我自以为陪了很多嫁妆，我就可以很理直气壮了，我真的太不好了，我才应该说对不起呢。"

听信期间鲁迅有四次想说什么。可每一次都被广平制止住了。

广平

“广平，在看了你的信之前，我一直坚信这个世界将与我一同消失。但是我现在改变了这种想法。心心相通的人们只要像链条一样紧紧地团结在一起的话，这个世界连同希望就绝不会消失。我现在和你就构成了一个小小的链条的一个环儿。我明天就想去在北京的美国医院。那儿有很多被遗弃的婴儿。我想领养其中一个孩子，让他成为链条上的第一个环儿，我真希望等你们的海婴和他长大的时候，世上穷苦潦倒的人变得越来越少。母亲大人托你们的福身体很好。先生就拜托给您了。九月十日。北京。朱安”

广平把信一边很小心翼翼地叠起来放在口袋里，一边自言自语地说。

广平

我帮那个孩子起个名字吧。我们孩子是在上海生的婴儿，叫了海婴。那，那个孩子也用同样的方法，他在北京生的，就叫北婴吧。回头写信告诉朱安。

鲁迅

广平君……

广平

（又把食指立在嘴唇前）嘘。

鲁迅

（没听广平的话，但是很谨慎地）你怎么知道我觉得对不住朱安？

广平

刚才先生您一点儿也没说错。

鲁迅

是的，我好了。

鲁迅从床上跳下来。

鲁迅

我的语言恢复正常了。

广平

先生，太好了。

鲁迅

嗯，我终于鱼鲜恢复成长了。

奥田

先生，您最好别说话了。

奥田拿着那把油纸伞进来了。鲁迅把头埋在床上的被子里。奥田拿出六张票给大家看。

奥田

后天早上九点去神户的大洋号船一等仓的六张票买到了。

广平

谢谢。

奥田

本来这票是搞不到的。但是恰好上海旅行社的一位女职员，我给她包过金牙，所以她为了感谢我，费了很大劲给我搞到了。这票我先拿着。（奥田把票往口袋里装）明天大家看来都要很忙啊。

广平

对呀，不过仔细想想也没有什么太费劲的事儿。我们为了随时能搬家，什么家具什么物品都没买。

奥田

原来是这样。

广平

先生的书准备寄存在内山书店的仓库里。（广平看着奥田的伞感到诧异）外边下雨了吗？

奥田

今晚是一个非常好的月夜。可是这把伞是我钓大鱼的工具，是绝对不能丢的，所以我现在是走到哪儿把它带到哪儿。

广平

噢。还有和居留民团谈的怎么样了？

奥田

什么事儿都没了。因为早回上海了两天，为了赔罪，我们决定从上海彻底回国了，听了这话，他们的头头们都惊讶地瞠目结舌。

完造

啊，真是让人佩服的中学生们。

完造一边不停地说着佩服的话一边走进来，看了一下鲁迅，然后和广平打招呼，然后对着奥田。

完造

你进来的时候，门口是不是有三个孩子转来转去的？那些孩子为了买书千里迢迢从昆山走来的。

奥田

（眺望着二楼的观众席最右边前排靠门的地方）昆山？足足有六十公里。完造先生。

完造

所以说让人佩服啊。他们说他们现在在学日语，所以想尽量多买一些日本的图画书和童话书，为了能把坐车的钱节省下来买书，就走着来了。我已经对美喜交待了，我们就当赞助，他们能背多少书就让他们背走吧。（说着用手蹭了一下左半边脸，掩饰着要掉下来的眼泪）我作为书店的老板，有这样的客人来书店是感到最幸福的时候。他们看着书架上的书脊上写的书名时，那种看到眼里快拔不出来的认真的眼神，我在旁边看着真觉得又高兴又心疼。

鲁迅在床上一直看着完造的表情。广平领悟到了鲁迅的视线。然而完造现在的视线却转移到了人体骨骼模型上了。

完造

对了，奥田医生。鲁迅先生在这之前得的是叫人物误认症吧。他不是靠这个骨骼模型的右手这么一敲给敲好了吗？这次我们让鲁迅先生再用这只左手敲一下，会怎么样呢？

奥田

就是，会怎么样呢？

鲁迅站在床上叫道。

鲁迅

（表示抗议）西藏君！……洗澡君……仪仗君……合起来内脏君……

完造

（表示抗议）我是完造！

鲁迅苦恼着缩成一团，把自己蒙在被子里。

完造

……（大声地说）对不起。但先生，您连我的名字都说错了，看来病得不轻。您再别说话了。……怎么成这样了？

完造，一边为鲁迅整好被子。

广平

（对着奥田）须藤医生呢？没跟您一起来吗？

奥田

是的。晚上须藤医生说他有别的事儿。

广平

晚上有别的事儿？这么说须藤医生没跟您一起去和居留民团谈啊？

奥田

（点点头）我是下午六点从这儿出去的。六点半到的离日本俱乐部很近的须藤医院。和日本俱乐部的居留民团的头头谈判是从八点开始的。我本想先顺便到须藤医生那儿去再把今后的计划商量一下。特别是想谈谈我们的日程安排，这事儿夫人您是知道的。

广平

（点点头）须藤医生那儿发生了什么？

奥田

（轻轻地制止了一下）没发生什么事儿，请不必担心。可我们三个人刚一开始谈，就有一个姑娘来找须藤医生。

完造

那个姑娘用楚楚动人的美人来形容再合适不过了。

美喜端来了茶。

美喜

对不起，每次都是一样的茶。我给大家倒茶了。

完造

楼下的孩子们呢？

美喜

三个孩子都心满意足地回去了。走着回昆山，怎么也得走上一夜啊。

给大家都倒上了茶。当然给睡在床上的鲁迅也倒了一杯。奥田啜了一口茶。

奥田

那个姑娘在名叫博卢·卢和卢·卢道的法国医院的门诊做实习护士，名字叫雷小宝。年龄十九岁……

完造

须藤医生和私生子见面了。她是须藤医生的孩子。

广平和美喜大吃一惊。鲁迅把茶杯从床上弄掉下来了。可是，谁也没注意到。

奥田

完造先生，您不应该那样说。

完造

我是学着上海的演艺界花边新闻报的标题说的。须藤医生和那姑娘是养父和养女的关系，他们俩没有血缘关系。

美喜

您也和鲁迅先生一样最好别说话了。

完造

……！

广平

（对着奥田）那，后来呢？

奥田

鲁迅先生给我们讲的他正在构思的小说《上海月亮》当中，有这样一段是吧。“……那楼的旁边是一条混浊的小河。在月光下似乎可以看到动物的骨头的船上，一个小姑娘抱着死去的妈妈哭着”。雷小宝正是那样的孩子。但是，不幸中的万幸是正好经过那儿的一个法国的修女院长听到那个女孩儿的哭声把她救了。这样雷小宝就被修女们经营的孤儿院收容了。这是十六年前的事儿了，当时她3岁。

完造

大家请注意“十六年前”这几个字。

美喜

那正是上海伤寒大流行的一年。

完造

对！

广平

那一年须藤医生的夫人和女儿去世了。

完造

对啊！须藤医生就在那年秋天，去了上海孤儿援助会希望援助一个和他死了的女儿一样大、3岁的女孤儿，到这个孩子能自立为止，以匿名的方式给她提供生活费和学费。就这样诞生了须藤医生这个养父。

奥田

被选为须藤医生的养女的就是雷小宝。

上小学的时候，她在自己的内心里就下定了决心将来当护士。这一定是在船上病死的母亲给她带来了很重的心灵的创伤的缘故吧。今年七月，她从上海医院附属的护士培训所实习护士科毕业了。从今年九月开始她就在法国医院的门诊部工作了。也就是说，她现在自立了。

完造

与此同时，须藤医生收到了来自上海孤儿援助会的一封信。“非常感谢您十六年来默默地给予的援助，您的养女已经完全成为一个可以自立的人了。已经不用再继续为她提供生活费和学费了。我们代表您的养女对您表示衷心的感谢。理事长何某某，盖章”。

广平

那个年轻的护士是怎么知道须藤医生是她的养父的呢？

对他们的谈话很感兴趣的鲁迅从最边儿上的床一点一点地移到了中间的桌子旁了。

鲁迅

对，她是怎么感到[①]她的厌恶[②]的呢？

完造

感到厌恶……先生您在这儿别吭声。拜托了。

完造把鲁迅带回到床上，给鲁迅盖好被子。

奥田

昨天九月十五号雷小宝第一次领到工资。除去护士宿舍的饭费被扣掉外，工资袋里还剩一些钱。于是，为了报恩她自己也决定当别人的养父母。

广平

（低声说）……太了不起了。

美喜

（同感）就是……

---

① 鲁迅本想说“找到”。
② 鲁迅本想说“养父”。

奥田

今天星期天快到傍晚的时候，她去了一下上海孤儿援助会的事务局。值班的工作人员很详细地告诉了她做养母需要办的手续。这时她看到了在她眼前的一部很厚的账簿的背上写着“养父母名簿”，趁值班的人去金库的时候她翻了一下名簿。然后就知道了须藤医生。

完造

她跟我们说这段事儿时，作为听者的我听得心惊胆战的。不管怎么说这是向外部泄密的名簿，被事务局里的人发现的话，是要完蛋的。

广平

听了那个女孩子的这番话的须藤医生，有什么反应？

完造

自己的孩子如果活到现在的话，能不能培养得这么有出息……一边叹着气一边说着这些话。这时那姑娘突然说了这番话。对，对……

奥田

“我的恩人是一位医生，这是上帝赐给我的福气。”雷小宝这样说。并请须藤医生救救那些污水河上的船里住的母子们吧。

完造

“污水河上的船里住的母子们？”须藤医生反问了一遍。那个姑娘接着说话了。

奥田

（扮成雷小宝）每天肯定有一两个衣衫褴褛的孩子来医院。昨天来的是一个六岁左右的男孩子。“护士姐姐，我妈妈病在船上。我是来请医生帮我去给妈妈看看病。我有钱噢。”说着轻轻地摊开手掌，里边是一枚汗津津的铜钱。当护士跟他说我们这儿不出诊。他：“啊，是吗？给你们添麻烦了，实在对不起。”好像没什么事儿似的很爽快地说完就走了。但，果不出所料，刚一出门，那个男孩子就哇的一声大哭起来了。像这样的孩子在那条污水河上有上百上千个。医生，在歇班的时候，请让我做您的跟班护士，给那些患病的母亲们治疗一下吧。

完造

（对着奥田）你讲得很激动啊，动真格的啦。你绝不能对雷小宝下手噢。

奥田

（很认真的样子）雷小宝不是我喜欢的那种类型。但是，听了那个孩子的故事不知怎么好像和自己的小时候一样，所以就……就这么回事。

完造

对不起。

鲁迅在床上也生起气来了。

广平

那，须藤医生怎么回答的呢？

完造

原来是这么一回事啊，深深地点了一下头，站了起来。我们马上去污水河看看你这个护士的业务水平怎么样。一边说着，一边往出诊的工作包里塞了满满一包药……

奥田

这就是须藤医生和我们没在一起的原因。……看着须藤医生和雷小宝肩并肩地走在傍晚坐满了乘凉的人的四川路上的背影真像一幅画儿。

完造

天空洒满了月光。

奥田

还有街道两边的商店里点起的五颜六色的霓虹彩灯。

完造

在这街道上就像一对真正的父女一样，肩并肩，一边走着一边很尽兴地聊着……

须藤拎着出诊包进来了。

完造

须藤医生，您回来了……

须藤

对不起，没打招呼就自己进来了。

须藤把出诊包交给了美喜，然后走到鲁迅那儿，敏捷地看了一眼，随即询问广平。

须藤

先生有什么变化吗？

广平

还是舌头不灵便。

鲁迅紧紧地握住须藤的手。

鲁迅

雷小宝这姑娘的故事真让人感动啊。

须藤

啊，您听说了。（脸上绽出一丝笑容）这么多年，开始我很认真，但后来，变成了一种惰性的寄钱。然而她每个月在领到这笔钱时，她的眼泪总是大颗大颗滴落下来……真让人深思。鲁迅先生的舌头还挺灵便吗？

鲁迅

北京的朱安的孩子，我们的儿子海婴，走一晚上来买书的中学生们。

鲁迅说话没有出错，四个人用期待的眼神心惊胆战地注视着鲁迅，向鲁迅的床边靠了过来。

鲁迅

还有那让人敬佩的实习护士雷小宝！啊，中国的的确确有西瓜[①]了……

广平

对，对。是有未来了，中国。

鲁迅

有光明的西瓜了……

广平

还有希望了。

鲁迅

心有余悸[②]的话……

广平

只要人们心心相通的话什么都能做到。

须藤对着广平摇头。

须藤

鲁迅先生，您说的话颠三倒四的，可真难为您了。再忍一下。下星期的这个时候我想让失语症的权威给先生您治病呢。在这一段

---

① 鲁迅本想说“希望”。

② 鲁迅本想说“心有灵犀”。

时间请尽量别说话。不这样的话，病情会越来越重。

说着伸出手来握着鲁迅的手安慰地轻轻地拍了拍。然后对着奥田说话。

须藤

票搞到手了吗？

奥田

（一边把票给他看）如期完成任务了。

须藤

（对着完造）和居留民团谈得怎么样？

完造

没怎么费口舌。

须藤

（点点头）剩下就是明天一大早把房地产公司找来，让他们帮忙找一个能把医院整个兑出去的买主。

奥田

我也准备这样做。

须藤

内山书店有一位徐波君这样有才能的店员帮忙看店。好了，各方面都没问题了。让美喜给我们弄点儿啤酒来吧。

广平制止住了正要出去准备的美喜，对着须藤。

广平

真的没问题了吗?

须藤

……啊?

广平

那个雷小宝姑娘知道须藤医生您要离开上海吗?

须藤

(好像胸口被刺了一下一动不动的)……!

广平

您对她还什么也没说，对吧?

须藤

忙得没顾上说。

广平

没准儿是没能说出口吧……?

须藤

不是这样。……溢荡着垃圾、泥水和粪便的污水河，在这河上摇荡着半朽了的船。船的那一头一个女的，脸已经化脓开始腐烂，没有出声地笑着。船的这边一个骨瘦如柴的男的痰卡住了嗓子。用破布条遮着上半身的十七八岁的姑娘半站半坐地蜷着身子浑身哆嗦着。仔细看上去那姑娘腰以下什么都没裹。由于生着病，她连卖身都不行了。我好像到了久别的战场。我全神贯注地治疗，开药，奔忙着。所以没有说的机会。我明天晚上去说。明天晚上，我们约好了再转一遍每个船……（渐渐身子软了）给她留一个条子也可以。突然决定离开上海了。因为有一位不仅对中国来说，而且对日本来说也很重要的人……为了能让那个人重新恢复健康，我们得去日本。把那个人的病治好了……我一定再回到……上海来。

广平

您能回得来吗？

须藤

……

完造

夫人，您提出的问题太残酷了。

美喜

镰仓的医院也需要您。回去以后，您不是那么容易能回来的。广平说的是这个意思。

完造

尽管这样……

广平

完造先生您认为您的生命价值在于为那些目不转睛地盯着书架

上每本书的书脊上的书名的顾客们提供方便。奥田医生您一定非常喜欢和您母亲留下了许多美好回忆的这个上海。还有须藤医生或许很想把自己的工作经验传授给雷小宝姑娘。比起那，最让须藤医生感到幸福的事儿，应该就是和这个新添的女儿一起去救死扶伤……

须藤一下子跪倒在地上。

须藤

我真想会分身术啊……

广平

先生有这个资格吗？让大家为了先生的病都放弃自己最宝贵的东西……！

鲁迅

没有！

鲁迅

我绝对没有那个姿色[①]。

完造

好了好了。先生您听话，到床上去静静地呆着。现在，我们正在谈重要的事儿呢。

---

① 鲁迅本想说“资格”。

鲁迅躲过完造，又往中央凑了一些。

鲁迅

我，不，我捉到了我得病的真正原因了。(已经不对失语性错语症感到畏惧了。)我这前半生，我一直在紧要关头逃掉。歌迷前，我从歌迷的视线走掉了。和我有同样窒息的人们正呐喊着奋勇前进的时候，袄又掉了。[①] 年轻人高喊着“我们要把这个世界改变得更好”为此一个个地献出自己的生命的时候，我又在逃。所以我得上了人物误认症这样的怪病。我这次又没记性了，又想从上海逃走，所以患上了失语症。不管是人物误认症还是失语症，难道不都是我自己对自己的惩罚吗？

广平

先生您现在口齿灵便了啊。

鲁迅高兴地看着广平点点头，然后对着呆呆地瞪着鲁迅的四个人也笑了笑。

鲁迅

我们现在在的这个上海是这个国家的心脏。我要老老实实地呆在这儿。小说《上海月亮》也许写不了了。那也没什么。我还是用杂文来揭露这个社会的黑暗面。坚持下去。这是我对后代的一种责任。我将在这儿为了肩负着这个时代活下去。

---

① 这一段颠倒错语中，“捉到”为“找到”之误，“歌迷”为“革命”之误，“视线”为“前线”之误，“窒息”为“志向”之误，“袄”为“我”之误，“掉”为“逃”之误。

须藤不知所措。鲁迅，握着须藤的手。

鲁迅

我做X光透视，我也同意做手术。我还要痛痛快快地去吃药。我要在这个上海治好我的病，治好我的牙，这样可以吗？须藤医生？

须藤

……谢谢，鲁迅先生。

奥田、完造、美喜三人都点头感谢。

鲁迅

应该感谢你们的是我。各位的生活态度，各位用自己编织的真实的故事治了我的心病。你们才是名医，还有你，广平君。

广平也盯着鲁迅。

完造

（对着美喜）对了……

美喜

是啤酒吧。

美喜跑出去了。广平也跟着出去了。

须藤

（对着完造）居留民团那儿我去谈，在两三天内我把这事儿搞定。

完造

把这事儿交给我吧。我带着二斗樽去，并告诉他们这是为他们中秋节赏月会准备的。带一斗樽也行。

须藤

不是那么回事儿。

完造

那，是怎么回事儿？

须藤

我们也是这个居留民团的一员，对吧？我们光是讨厌那些头头不行，反驳也好，什么也好，我认为应该好好地跟他们谈一下我们的想法。

完造

原来是这么一回事，那就我们三个人一起去吧，对吧，奥田医生？

奥田

我还是准备后天早上离开上海。

准备好干杯的东西，正准备进来的美喜，包括广平在内的大家，都愣了。

奥田

我去还油纸伞。十天后准时带着她一起回来。

完造

可，她的牙不好看，对吧？

奥田

老实讲她的确长得不算好看。但当我听到她那句“请用这把油纸伞吧”，心里荡起一股暖流，太善良了，感觉特别好。比起外表我现在也开始更重视女孩子的内在的美了。为了表示对她借给我伞的感谢，我将带她来看看上海的秋天。

完造

首先是螃蟹。是要让她尝尝螃蟹。

须藤

秋天的郊外很美哟，比如带她去苏州河划船怎么样？

美喜

秋天话剧也开始上演了。

广平

还有雾中的夜晚的警笛。

完造

还有蘑菇汤。

须藤

污水河也应该让她看看。

美喜

还有法国医院。

广平

还有纺织工厂的罢工。

完造的“螃蟹的话题”开始，舞台的灯就慢慢地变暗了。鲁迅一动不动地看着他们的谈话。不久登场人物的声音都突然消失了，传来的是朗读鲁迅(“七”)的书信的声音：

这次，经过为时一个多月的避难生活后，我变得很精神。我感觉到我接下来可以做很多事。我也不觉得国民党政府的特务机关可怕了。母亲大人，我不打算离开上海。过一阵子，您一定来上海看看小海婴。广平请求“您来的时候一定带上朱安”，我们一家打算看完中秋的明月后就搬回我们自己家去。好。祝母亲大人健康长寿。写于上海，内山书店。周树人。

舞台的上空传来扮演鲁迅的演员读着上边的书信的声音。鲁迅也接过酒杯，大家一起干杯，然后大家对着高高地挂在天空的月亮举杯。不久，舞台上只剩下月亮了。

尾声

在六个聚光灯下，除鲁迅外的五个人各自读着自己写的信。

广平

北京的朱安女士：鲁迅先生逝世已经七天了。我还是什么也不想做。别的事儿先不做还可以，但必须得告诉您一下先生临终时的情况，所以给您写了这封信，从前年的夏天到秋天，大概一个月左右，我们在内山书店避难的时候的事儿，以前已经告诉过您了。避难回来以后先生真的变得很精神，很让人放心了。可是从今年春天突然体力开始衰退。（然后变成默读）……

美喜

东京，改造社社长山本实彦先生：明年即将出版的《改造社版大鲁迅全集》共七卷的印花税的预付金，我们收到了。马上我们就把它转交给了许广平夫人。（然后变成默读）……

完造

上海郊外利奥利塔村上海结核病疗养所的徐波君：看到你寄来的明信片上说，病好多了，真为你感到高兴。今后也请向鲁迅先生学习，专心治疗、养病。徐波君，鲁迅先生在他逝世的时候，患有五种疾病。肺结核，心脏性哮喘，右胸湿性肋膜炎，肠道功能衰竭，胃扩张。你就得了这么一个肺结核，一定要振作起来，决不能泄气。（然后变成默读）……

奥田

镰仓市小町，五十岚牙科医院转奥田泽子收：由于鲁迅先生的逝世，情绪很低落。在这种情况下，收到了岳父大人发来的电报："男孩，母子都很平安，恭喜你。"泽子你辛苦了，谢谢。这个小家伙好像是鲁迅先生的转世而出生的，所以我想给他取名为"未来"，你觉得怎么样？（然后变成默读）……

须藤

镰仓市扇谷，镰仓医院须藤一太郎：哥哥大人我收到了您的来信，信上说希望我能回去帮忙。我以前也总跟您说，我总感觉我可能要把我的骨头埋在这上海了。最近这种感觉更加强烈了。医生不能等着病人来看病，而是要自己去找病人。这是过去在医学部我们学到的话。这句话的意思到最近才终于明白了。上海来不了医院的病人真是太多了。（然后变成默读）……

广平

（又开始朗读）……最后我介绍一下在先生临终时守护在先生身边的人。朱安女士，有时觉得很不可思议，他们都是日本人。他们是内山完造先生和他的夫人美喜女士，最后给先生套取面型的牙科医生奥田爱三先生，还有主治医生须藤五百三先生。

当众人毅然地抬起脸的时候幕慢慢地落下来了。

——幕——

“缘”自鲁迅（《上海月亮》代译后记）

2008年受日本朋友之约，在东京观看了日本著名作家井上厦创作的话剧《上海月亮》。老实说，我在日本待了多年，井上靖听说过，井上厦真是第一次听说。看完话剧《上海月亮》后，我深深被剧中的鲁迅和内山完造等日本友人们之间所保持的那种纯真友谊所感动。第二年我采访了井上厦，并驱车去他的老家山形。他为老家捐建了一个图书馆，在图书馆里陈列着他创作每一部作品所阅读过的书籍、资料。当看到《上海月亮》的资料库时，我惊呆了，足足有上千本关于鲁迅、关于中国近代史等等的书籍，而且在每本书里都夹有很多写着批注笔记的纸签。之后在采访中得知他上小学的时候，就读了那时已经去世的父亲留给他的《鲁迅选集》。他钦佩鲁迅，他对鲁迅的了解之深使我不禁汗颜。在上海译文出版社即将出版由笔者翻译的《上海月亮》之际，谨以2009年4月在仙台文学馆对井上先生的一篇采访记为代译后记。

2009年4月的仙台，已经步入了春的季节，虽已非鲁迅先生所说的那样“冷得厉害”，但还有一丝寒意。经日本友人的介绍，我来到仙台文学馆采访日本当代著名作家井上厦。一个偶然的机会，我读了井上厦的作品《上海月亮》。这部作品是以剧本的形式描写鲁迅晚年时期的生活。作为中国著名的作家，关于鲁迅的作品很多，但一个外国人以剧本的形式来写鲁迅，我却是第一次见到，所以，很想采访一下这位大作家，问问他为什么会想到写鲁迅。

当见到这位大作家时，我一下子很难将他与“名人”联系起来，朴实的衣着、和蔼的笑容，还有那极具特色的牙齿……难怪日本人亲切地称他为“乡村作家”。

真正面对大作家时，我还是很紧张的，来的时候准备了很多问题，但到真正想问的时候，却忘了不少。不过，最重要的没有忘，那就是他写《上海月亮》的动机。当提及这个问题时，井上显出略微的激动，他说，他从小就很崇拜鲁迅，小学三年级时，已读完了《鲁迅选集》。写关于鲁迅的作品，是他多年的宿愿。《上海月亮》的完成，圆了他多年的梦。

当谈到为什么把《上海月亮》写成剧本，而不是其他文体时，井上是这样解释的：据他了解，鲁迅非常喜欢看戏。1904年到1905年大约一年半的时间，鲁迅在仙台度过；当时的仙台有一个叫“松岛座”的剧院，主要演歌舞伎。另外还有一个叫“森德座”的剧院，是专门以上演新派现代派剧为主的剧场，据鲁迅的朋友证实，鲁迅当时经常去“森德座”看戏。鲁迅一生没写过剧本，井上说，正因如此他才没有把《上海月亮》写成小说，而是写成了剧本。

当问及他最欣赏鲁迅哪方面的时候，他说：“我最欣赏的是鲁迅看问题的视点。鲁迅看问题可以说是一针见血，很多中国人都称鲁迅的杂文为战斗檄文，的确，在当时的社会环境下，鲁迅能够站在另一个高度来看问题，是我最欣赏的。这也是我想为鲁迅写点东西的另一个原因。对于日本发动的侵华战争，鲁迅当时是强烈抨击这场战争的，但同时，他不是像很多人一样一味地说日本人坏，中国人好，而是认为日本人当中也有好人，也有理解中国人的人，也有理解鲁迅的人。”

由于战争的爆发，两国人民的矛盾迅速激化。当谈及日本发动的战争时，井上略显愧疚，他说，从前他一直认为日本在亚洲发动了那样的战争，亚洲人民一定觉得日本人很坏，作为日本人的他有一种犯罪感。当时鲁迅非常恨日本，但鲁迅临终时，守护在他身边的除了夫人许广平、弟弟周建人外，剩下的都是日本友人。他们是当时上海最大的书店内山书店的老板内山完造、完造的夫人美喜、医生须藤五百三、牙科医生奥田爱三。为什么鲁迅的晚年身边有很多日本人呢？这是井上一直在思考的问题，他想了很多年，终于在1991年想明白了。鲁迅对待日本人，不会一概而论，这也是为什么会有那么多日本人始终不离不弃地一直在鲁迅的身边。这是人与人之间的那种凌驾于盲目的战争之上的友谊。通过读鲁迅的杂文，他知道这样的中国人还有很多，使他颇感欣慰。当想明白这个问题后，井上于1991年创作了剧本《上海月亮》，并获得了当年的谷崎润一郎奖。日本著名作家大江健三郎看后，对剧本作了高度的评价。日中关系长期以来都是一个敏感的话题，有良知的日本知识分子都以这场战争为耻，长期以来都在回避、逃避这段历史。大江认为井上从另一个视角给了日本人一些自信。

当谈及创作的灵感时，井上意味深长地说，我越是深入了解鲁迅，越是觉得我们很有缘分，我们有很多相似之处。很小的时候父亲就去世了，一家子遇到很多辛酸的事儿，而救了井上的就是父亲留下的大量的藏书。他从小学开始就博览群书。对于这相似的经历，井上曾这样写道：“在日常生活中，遭遇不幸时，痛苦得跟谁发牢骚也无济于事时，这种痛苦与无奈，就会在心中发酵，有的人成了强盗，有的人成了杀人犯，有的人就成了作家，这是很危险的一步。”除此以外他们都爱看电影，爱看戏剧。还有，他们的牙都不好。

井上说，为了能够真实再现鲁迅的生活，剧本《上海月亮》主要参考的是《鲁迅全集》中的《鲁迅日记》。但是对于《鲁迅日记》他有一个不能解开的迷惑，就是鲁迅从年轻的时候就开始记日记了，可是他的日记却一直用北京的某家文具店的一样的纸，并且笔迹从头到尾都没有改变过。井上怀疑鲁迅是否整理过一次自己的日记。因为一个人长年记日记，字体和纸肯定是会变化的。关于这一点，他期待着专业人员的考证。

当采访结束后，我再次品读剧本《上海月亮》时，发现井上厦的写作手法非常独到，鲁迅在整个剧中，什么也没有做，只是躺在床上说着什么，通过在他身边的人的活动，逐渐向读者展现出鲁迅其人的人格、才能、魅力，使读者在不知不觉当中感到了一个亚洲文豪的力量，也体会到了井上厦这位文学巨匠的风采。此时，两个文学巨匠的形象同时出现在我的脑海中，突然觉得似乎是冥冥之中的缘分把两个不同国家的文豪以这种形式联系到一起。希望他们的这种联系能够让中日读者的友谊更深一些。

张立波

2016年夏

井上厦年谱简编

张立波

1934年11月17日，出生于山形县东置赐郡小松町（现川西町）中小松，父亲叫井上修吉，是一位药剂师，母亲叫益。井上厦是家中次子。

1939年（5岁），井上修吉是一位农地解放运动家，曾三次被逮捕，由于受到拷问，弄坏了身体，6月，因患脊椎骨疽（骨疡）去世，享年34岁。修吉喜爱写作，投稿小说多次入选。

1941年（7岁），4月入小松国民小学上学。

1945年（11岁）8月15日，得知战败的消息时，井上正在刨松树的根（当时用松树的根做灯油）。大家都不由得高兴得欢呼起来。

1947年（13岁）3月，小松町立小松国民小学毕业。4月，小松町立小松新制中学入学。这一时期开始博览父亲遗留下来的书籍。特别爱读坪内逍遥翻译的《莎士比亚全集》、《近代剧全集》。开始喜欢起电影，并热衷于打棒球。母亲经营的药店也一帆风顺。

1949年（15岁），家里的钱财被继父一卷而空。4月下旬，井上厦转入岩手县一关市立一关中学。9月，哥哥因患结核住进医院。9月30日，井上厦入拉萨尔修道会经营的儿童抚养院“仙台光丘天使园”，并转入仙台市立东仙台中学。

1950年（16岁）4月，入宫城县仙台第一高中，同年接受洗礼，教名“马利亚－约瑟夫”。高中看了很多电影，3年共计约看了一千部。并开始向杂志《电影旬报》、《电影之友》投稿，写电影评论，并常常被刊登。

1953年（19岁）4月，进入上智大学文学部德文学科。11月因东京的生活、方言的自卑等问题，休学回到母亲所在的岩手县釜石市。后在国立釜石疗养所做国家公务员约两年半。这一时期，在图书馆发现帝国文库的《黄表纸百种》，迷上了近世戏剧文学。

1956年（22岁）4月，回上智大学复学，并转入法文学科。寄宿于四谷的若叶町。10月，成为浅草“法国剧团”的文艺部员，并不断地创作广播剧本，投稿。

1958年（24岁）1月，在四谷火车站前的中央出版社的仓库当夜晚值班人员。11月，应征艺术节的脚本《稀里糊涂三十，晃晃悠悠四十》（一幕剧）获得第13回艺术节脚本鼓励奖。12月，受NHK学校广播部的邀请，把阿纳托弗朗斯《圣母的杂技师》改写成广播剧本。

1960年（26岁）3月，上智大学外语学部法文学科毕业。继续一边在仓库值夜班一边在广播电台打工。为东京广播电台创作面向儿童的连续广播剧《X人》（主演：坂本九）。

1961年（27岁）12月，与内山好子结婚。

1962年（28岁），为NHK第一广播电台创作面向儿童的音乐剧剧本《敢于冒险的小老鼠们你们好》。

1963年（29岁），长女井上都出生。

1964年（30岁）4月，开始与儿童文学作家山元护九一起创作NHK综合电视台的木偶剧《忽然出现的葫芦岛》。10月为NHK第二广播电台创作《吉里吉里独立（断不了的关系）》（《吉里吉里人》

的前身)。

1965年(31岁)1月，次女井上绫出生。5月，担任日本电视台公开综艺节目《小九》写脚本的工作。

1967年(33岁)5月，三女井上麻矢出生。10月，成为“翻到三人组合”的专属台词作家。

1969年(35岁)1月，为NHK第一广播电台编写音乐剧《奔和分》。2月，在回声剧院上演话剧《日本人的肚脐》，得到话剧界同行的一致好评。3月《忽然出现的葫芦岛》播完。这个节目获得第9届日本广播作家协会最优秀节目奖。

1970年(36岁)12月，为电视动画片《牧民》编写主题歌，该主题歌获得第12届日本唱片大奖童谣奖。同年，还成为日本电视台《实力行动90分》节目的脚本创作一员。

1971年(37岁)1月,《马金伯特牧师的故事》在《文艺杂志》上刊登，实现他多年的愿望。另外还发行了第一部戏剧集《表里源内蛙合战》(新潮社)，作为戏剧集大卖，打破了戏剧集卖不出去的定论。9月,《十一只猫》获得第6届齐田乔戏曲奖。

1972年(38岁)1月,《道元的冒险》获得第17届岸田国士戏曲奖，3月，同作品获得第6届艺术选奖新人奖。7月,《手锁心中》获得第67届直木奖。12月《可爱的布里吉特·波多特》获得小说现代第6届读者奖。

1973年(39岁),《吉里吉里人》开始在杂志《从末尾开始》连载(未完)。10月，由于前一年获得直木奖的原因约稿蜂拥而至，他突然失踪。事实上是把自己关起来写作，竟然弄错了日期。这一年在杂志上登载的作品数量急剧上升。

1974年(40岁)3月，参与被称作“四帖半纸隔扇的底子”的审判，与五木宽之一起作为辩护人的证人，至东京地裁出庭。7月，参议员选举中，作为东京地区的候选人野坂昭如、全国区的候选人户村一作的推荐人，做了声援演说。

1976年(42岁)，被国立澳大利亚大学亚洲学部日文科聘请为客座教授，在澳大利亚呆到7月，在这一期间创作《雨》、《新释远野物语》，并参加演讲。

1978年(44岁)5月，《吉里吉里人》的第一章“你有护照吗？”发表在《小说新潮》上(1980年9月刊登完)。

1979年(45岁)1月，担任月刊《凑热闹》的编辑工作。12月，《感慨万千的日本、乃木大将》、《小林一茶》获得第14届纪伊国屋戏剧奖个人奖。

1980年(46岁)2月，《感慨万千的日本、乃木大将》、《小林一茶》获得第31届读卖文学奖戏剧奖。

1981年(47岁)12月，《吉里吉里人》(新潮社)获得第2届日本SF大奖。

1982年(48岁)2月，《吉里吉里人》(新潮社)获得第33届读卖文学奖小说奖。4月，《东京七朵玫瑰》开始在《增刊文艺春秋》连载(1997年4月刊载完)。

1983年(49岁)，创办小松剧团，同时成为此剧团专属作家，同月开始创作准备在西武剧院元旦上演用的戏剧《游戏》，后自己认为写得不好，请求撤换此剧，取消的费用全部由本人承担。同一年，开始担任直木奖评委会委员。

1984年(50岁)4月，举行小松剧团建团公演，公演了《头痛肩疼的樋口一叶》(导演：木村光一)，举行建团公演的同时创刊了季刊《the 座》。5月末到6月中旬，到巴黎、伦敦、杜塞尔多夫、阿姆斯特丹旅游。

1985年(51岁)1月下旬到2月上旬，到纽约观赏戏剧，采访百老汇的戏剧详情。6月，为NHK电视连续剧《人间实况》节目创作《国语元年》(共5集)。台词是方言，所以配上了字幕，成为当时大家议论的话题。9月，小松剧团第4次公演，剧目为《闪闪星座》，并首次担任导演。12月，小松剧团获得第20届纪伊国屋戏剧奖团体奖。

1986年（52岁）4月，《腹鼓记》（新潮社）、《不忠臣藏》（集英社）获得第20届吉川英治文学奖。6月，与内山好子离婚。

1987年（53岁）4月，与米原百合结婚。8月，把7万册藏书寄赠给山形县川西町，“迟笔堂文库”图书馆落成。

1988年（54岁）2月，完成了菊池宽的绝笔作《唐墨的壶》的未完成部分，刊载在《全部读物》上。3月，昭和庶民三部曲《闪闪星座》、《舍华求实》、《在黑暗中开放的花朵》完成，并获得第15届剧院戏剧奖。8月，在“迟笔堂文库”图书馆举办消费者大学“农业讲座”。12月下旬，到意大利旅游。

1989年（55岁）4月，在“迟笔堂文库”图书馆举办“宫本显治农民乌托邦讲座”。

1991年（57岁）5月，母亲井上益去世。9月《上海月亮》获得第27届谷崎润一郎奖。11月，长子井上佐介出生。

1994年（60岁）9月，作为小松剧团第34次公演，首次上演了《和爸爸在一起》（导演：鹈山仁）。此作品后来发行了英、德、意、中、俄5国语言的对译本，并在法国、俄国、中国、英国、加拿大、美国、德国等地演出，用外语朗诵。

1997年（63岁）10月，作为新国立剧场开馆纪念，公演戏剧《纸屋町的樱花饭店》（导演：渡边浩子）。

1998年（64岁）4月，担任仙台文学馆馆长（2007年3月卸任）。就任吉野造作纪念馆名誉馆长。同年获得第9届农民文化奖。

1999年（65岁）8月，《桃源乡的戏剧列车》获得第9届桃源乡奖。10月，《东京七朵玫瑰》（文艺春秋）获得第47届菊池宽奖。

2001年（67岁）1月，因在“富有知性并且总括了大众现代史的创作活动”方面的突出表现，被授予第 71 界朝日奖。

2003 年（69 岁）1 月，《敲起大鼓吹起笛》获得第 44 届每日艺术奖、第 6 届鹤屋南北奖。10 月，《梦的泪》（东京审判三部曲中的第二部）在新国立剧场上演（导演：栗山民也）。

2004 年（70 岁）10 月，被选为文化功劳者。

2006 年（72 岁）6 月，《梦的枷锁》（东京审判三部曲中的第三部）在新国立剧场上演（导演：栗山民也）。

2008 年（74 岁）9 月，川西町“迟笔堂文库”图书馆的组合馆“西布莉·艾莉娜迟笔堂文库山形馆”在山形市落成。

2009 年（75 岁）2 月，获得第 60 届广播文化奖。3 月，获得恩赐奖、日本艺术院奖。

2010 年（76 岁）2 月，获得第 17 届读卖戏剧大奖艺术荣誉奖。4 月，在新国立剧场，东京审判三部曲《梦的缺口》、《梦的泪》、《梦的枷锁》一举上演（到 6 月）。4 月 9 日在镰仓市内的家中因肺癌去世。反映冲绳战的《树上的房子》成为他的未完成的遗作。5 月由集英社出版反映小林多喜二的戏剧《组曲虐杀》。

参考文献

1.《九》（井上厦著，2000 年，讲谈社）

2.《国文学 解释与教材研究 野坂昭如与井上厦》（1974 年）

3.《井上厦传》（桐原良光著，2001 年，白水社）

4.《井上厦的世界》（2009 年，仙台文学馆）

图书在版编目(CIP)数据

和爸爸在一起/(日)井上厦著;李锦琦,张立波译. —上海:上海译文出版社,2017.2
(日本当代文化思想译丛)
ISBN 978-7-5327-7408-1

Ⅰ.和… Ⅱ.①井… ②李… ③张… Ⅲ.①话剧剧本—作品集—日本—现代 Ⅳ.①I313.35

中国版本图书馆CIP数据核字(2016)第269345号

图字:09-2015-985号

和爸爸在一起
〔日〕井上厦 著 李锦琦 张立波 译
策划/姚东敏 责任编辑/顾真 装帧设计/柴昊洲

上海世纪出版股份有限公司
译文出版社出版
网址:www.yiwen.com.cn
上海世纪出版股份有限公司发行中心发行
200001 上海福建中路193号 www.ewen.co
启东市人民印刷有限公司印刷

开本890×1240 1/32 印张9.25 插页2 字数86,000
2017年2月第1版 2017年2月第1次印刷
印数:0,001-3,000册

ISBN 978-7-5327-7408-1/I·4516
定价:38.00元

如有质量问题,请与承印厂质量科联系。T:0513-83349365